JN059796

伯爵家のお荷物令嬢なので身を引いたのに、パーフェクトな義弟の執愛から逃げられません！

時戻りはワンナイト前のはずでした

竹輪

✦

Illustration

氷堂れん

gabriella books

伯爵家のお荷物令嬢なので身を引いたのに、パーフェクトな義弟の執愛から逃げられません！
時戻りはワンナイト前のはずでした

c o n t e n t s

第一章　居候令嬢と結婚相手

「それで、いつになったら、屋敷から出て行くんだ」

　相変わらず威圧的な物言いの伯爵に先ほど部屋に呼ばれたというのに、もうすでに逃げ出したい気分だった。机をタンタンと指で叩《たた》く仕草にイライラとした相手の感情が伝わってくる。

「あの……努力はしているのですが」

「選り好《よごの》みしないでさっさと決めないか」

　大きな声に体が固まる。体に染みついた恐怖だ。

「そもそも、誰も近寄ってくれません……」

「それなら自分から行けばいいだろう?」

「以前、媚《こ》びを売るなと伯爵様に叱られましたので……リンドバーグ伯爵家に住まわせてもらいながら男漁《あさ》りをするような真似《まね》は控えろと言われたと記憶しています」

　そう言うと伯爵は少しだけ押し黙った。

「伯爵様は、私の縁談先にはご興味はないのですよね?」

「お前の母親とは結婚したが、連れ子のお前はリンドバーグ伯爵家とは無縁だ」

「はい」

「だが、平民はダメだ。それではまるで私がお前を虐げているみたいに見えるからな。世間体が悪い。とにかく、さっさと適当などこかに嫁に行って屋敷から出ろ」

「そうしたいのはやまやまなのですが……」

「ルークがアカデミーを卒業して寄宿舎から屋敷に帰ってくるのだ。今までは多少の接触は許してきたが、年頃の男女が同じ敷地内に住んでいると、要らぬ噂《うわさ》を立てられても困る」

「ルークが戻ってくるのですか」

「そうだ。なんと成績優秀者だぞ。さすが私の血を継ぐ息子だ。カーミラ＝レストン嬢との婚約も決まって順風満帆《じゅんぷうまんぱん》だ」

「婚約？」

「あの金持ちのレストン子爵だぞ！　他の縁談を断ってルークを選ぶとはなかなかお目が高い。そういうことだから、お前の身の振りは次の社交パーティで何とかしろ。それ以上は待たないからな。モタモタしていたら追い出してやる。さあ、もう用はない。とっとと出て行け」

「……はい」

そそくさと部屋を出る。それで今日はご機嫌だったのか、いつもはすぐ癇癪《かんしゃく》を起こして机のものを投げてくるのになにも飛んでこなかった。

よほど弟のルークが成績最優秀者になって、金持ちのご令嬢と婚約できたのが嬉《うれ》しかったのだろう。

母がリンドバーグ伯爵と再婚したのは私が二歳の時だった。夫に先立たれ、困っている母に手を差しのべたのは同じく妻に先立たれ、生まれたばかりの息子を持て余していた伯爵だった。

伯爵が侯爵家の後ろ盾のある息子を育てるために名目上の母親を探しているのは明らかだった。

その時まだ赤子だった義弟のルークは母を本当の母のように慕った。

自然に私たちは姉弟として仲が良く、しかしそれをリンドバーグ伯爵はよく思っていなかった。

十三歳の時のある出来事から私は本邸を追い出された。

あの日から私は使用人の住む別館に移り、ルークは寄宿舎付きのアカデミーに入れられた。

そして現在、アカデミーを卒業し、十八歳で成人したルークが屋敷に戻ってくる。

そのために私はルークと入れ替わりに出て行くように迫られているのだ。

「本当に男性からは避けられてるのに」

私だってこの屋敷は居心地が悪い。

母とルークは気遣ってくれるが、居候であることにはかわりないし、伯爵の当たりはキツイし、そもそも暴力的なところが嫌いだ。

私と結婚してくれる人がいれば喜んでリンドバーグ伯爵家から出るつもりだけれど、それもままならない。

「……そもそも男性だけじゃないか」

パーティに参加しても誰も近づいてこないどころか避けられている。

伯爵にとって私は母のおまけで家族ではない。それゆえに貴族の女子がお友達を作るために開かれるお茶会にも参加したこともなく、当然友達もいない。

それなのに結婚相手を見つけるというのはなかなかの無茶《むちゃ》だと思う。

私が疎ましいならいっそのこと修道院にでもやってくれればいいのに、それも寄付金がもったいないと話は平行線のままだ。

次のパーティでどうにか結婚相手を探さないと。

伯爵が私をどうやって屋敷から追い出すのか、考えただけでも恐ろしい。

一目惚《ひとめぼ》れされるしかないという無理《ハード》な状況ではたしてそれが可能なのだろうか。

はあ……。

それにしても、ルークも婚約者ができる歳になったのか。

アカデミーに行ってしまってからは時々しか帰ってこない忙しいルーク。

それなのにパートナーがいないと嘆く私のために、これまでわざわざ日を空けてパーティに合わせて帰ってきてくれた。

年々背が伸びて素敵になっていくルークは私の自慢の弟だ。

私が十八歳で社交界にデビューした時から二年、ずっと私のパートナーを務めてくれている。

デビューした時は身長も私とかわらなかったのに、いつの間にか越されてしまっていた。

これまでも美しいルークに見とれる視線は多かったのに、最近ではルークに取次をしてほしいというご令嬢まで現れた。

——ねえさん
——ねえさん

小さな手はいつも私の手の中に収まっていて、どこへ行くにも付いてきた。

私の大切な弟。

守りたい大切な存在。

そんなルークが婚約……お相手はカーミラ＝レストン嬢というのか。

どんなご令嬢なのだろう。

優しい人がいいな。

ルークはちょっと頑張り過ぎてしまうところがあるから、そんなところに気づいて助けてあげてくれるような人がいい。

どんな人物でもルークを一目見れば恋に落ちるに違いない。

ルークを思い浮かべるとニヤニヤしてしまう。

身内贔屓《びいき》だったとしても私の弟は美男子だし、最近は体も鍛えているのか逞《たくま》しくなってきていた。

瞳は空を思わせる薄いブルー。繊細で柔らかな美しい黒髪には嫉妬してしまうくらいだ。

しかもそれに加え、頭も良くて性格もとっても優しい。

時々姉の私でもドキドキするのだから、世のご令嬢は放っておかないだろう。

ルークに婚約者ができるなら、どうにか私も相手を見つけないと迷惑をかけてしまいそうだ。

――いや、それよりも着ていくドレスをなんとかしないといけないことを心配するべきか。

せっかく本邸にこられたのだから、直接母に相談しよう。

母のドレスを貸してもらえるといいな。

＊＊＊

「まあ、伯爵が勝手にあなたを呼び出したのね！　なにもされなかった？」

「大丈夫ですよ、お母様。私だってもう大人ですから対処できます。それに、飛んでくるものをよけるのは上手《うま》いのですよ」

「そんなこと言ったって、あの人が今まで何度あなたを傷つけたことか！」

「その度にお母様が抗議してくださってます」

「一向に改善されないけれどね！……はあ。ごめんなさいリペア。私の立場が弱いばっかりに。同じ敷地に住んでいるのに自由に会えないなんて耐えられないわ」

「お母様は十分よくしてくださってます。伯爵は私たちの仲を嫉妬しているのですよ」

久しぶりに母と抱擁する。

今日は伯爵に呼ばれて本邸に入ったので誰に咎《とが》められることもない。

特別な理由がないと本邸には入れてもらえないし、母はその逆で別館へ入ることを禁止されている。

昔はこっそりと会いにきてくれていたが、伯爵の手下のようなメイドがいて（サラという）見張っては、いちいち伯爵に報告するのだ。

母が伯爵に叱られていることを知ってからは表立っては会わないようにしている。

伯爵はちょっとしたことで暴力的になるのだから手に負えない。

「次のパーティに参加するようにリンドバーグ伯爵に言われたので、ドレスを借りたくて」

「なるほど……それで本邸に入ることを許されたのね。あの人はなんて？」

「早く相手を見つけて結婚して出ていけと」

「リペアが無理に嫁ぐ必要はないのよ」

「でも私ももう二十歳です。ルークがこの屋敷に帰ってくるなら、結婚して出ていくほうがいいでしょう？」

「もう少し待って、リペア。そうしたらすべて解決するから」

そう言ってくれる母にいつも感謝している。

私のためにいろいろと伯爵と掛け合って、便宜を図ってくれていることを知っているのだ。

それこそ別館の部屋割り（初めて行かされたときは納屋に押し込められた）や、家具、食事に家庭教師まで用意するのは大変だったと思う。

「私が優しい人と結婚できれば、お母様も連れて屋敷を出て行けるかもしれません」

「私のことはいいのよ」

「お母様は私を育てるためにここで我慢しているでしょう？　私はもう子供ではありません。だから、お母様は自分の人生を考えてください」

「私は大丈夫よ。それよりあなたには大好きな人と結婚してほしいわ」

「お母様……」

夫を失った夫人の行く末は哀れなものだ。実家に戻れる人はまだいい。母は実家にも戻れなかったし、私を手放す気もなかった。

私が男の子だったら父の後も継げただろうに、残念なことに女の子。

亡き父に心を残しながらも私を育てるためにリンドバーグ伯爵との結婚を受け入れることが母の最善の策だったのだろう。

「パーティのドレスは手配するから心配しないで」

「伯爵にお願いするつもりですか？　無理はしないでください。お母様のドレスを貸してもらえればなんとかなると思いますから」

「若いあなたが着るようなものはないわ。そのくらいは私に任せてちょうだい。いい？　リペア、とにかく早まらないで。あなたには幸せになってほしいの」

「はい」

私もお母様に幸せになってほしいと思っています。


名残惜しく思いながら、母と別れて本邸から別館へと戻る。

別館は使用人が住んでいて、私は十三歳のときからその一室が宛《あて》がわれていた。

使用人として働けとは言われないけれど『後妻の連れ子』が伯爵に疎まれているのは事実で、誰も私には関わりたくないと思っている。

唯一関わってくるのは監視役のメイドのサラだ。

私の動向は見張られていて、母やルークに書いた手紙は全部伯爵の手に渡って燃やされてしまった。

それを知ってからは手紙も書いていない。

部屋に戻る途中で洗濯物の籠を覗《のぞ》くと、私のベッドのシーツがそのまま置かれていた。

今日は回収するのを忘れたのだろう。衣類は洗濯場まで持って行くので忘れられたことはないが、シーツが忘れられるのはよくあることだった。

初めはどうにか頼もうと奮闘したけれど、自分でやる方が早いことに気づいてからは時々自分で洗っている。

誰もいない洗濯場でタライに水を張ってシーツを洗う。

私だけだからいい匂いの洗剤をたくさん使っちゃおう。じゃぶじゃぶと洗って、脱水するとシーツを持って裏庭に向かった。

干場はもうたくさんの洗濯物が揺らめいていた。一番端のロープにシーツを掛けると、近くの木陰に寝転んだ。

今日がお天気で良かった。少し、ここで休んでいこう。目を閉じるとどっと疲れを感じる。

伯爵と話をするといつもこうだ。

快適とはいえないのかもしれないけれど、衣食住に困ったことはない。

だからきっと幸せなのだと思う。

母は伯爵と約束をして私に最低限の教養を身に付けられるよう十八歳まで家庭教師をつけてくれた。彼らも私には好意的ではなかったが、それでも読み書きと最低限のマナーは習得できた。

教育も施したし成人もしているのだから、さっさと出て行けという言い分も間違ってはいない。

いっそ誰か私を攫《さら》ってくれたらいいのにな。なんて思ってしまう。

さわさわと風が草を撫《な》でる音が聞こえる。

このままなにも考えずに生きていければいいのに。

「ん……」

誰かに優しく頭を撫でられる感触がして、もっと欲しいと頭を押し付けてしまう。

するとクスクスと笑う声が聞こえて目が覚めた。

「ただいま、リペア」

「え……ル、ルーク？」

声のする方に顔を向けると私を見下ろしているルークと目があった。

日の光が彼の後ろから差していて、その姿がキラキラと輝いているように見えた。

また少し、かっこよくなっている。

急な登場で心臓がドキドキする。どうして、ここに？

「こんなところで寝ていると風邪を引くよ？」

「あっ……」

起き上がると自分の体にルークの上着がかかっていた。いつから隣で座っていたのかと思うと猛烈に恥ずかしくなった。

「戻ってきたの？」

「来週にしようかと思ってたけど、ちょっとやることができたから」

「そう……」

「ほら、羽織っていて。リペアはすぐ熱をだすから」

「……ありがとう。でも熱を出したのは子供の頃だけよ」

「それでもダメ」

ルークが上着を肩にかけてくれる。昔から過保護なんだから……。

「アカデミーの卒業式はどうだったの？　答辞を任されたのでしょう？　きっと立派だったでしょうね、伯爵があちこちで自慢していたもの」

「大したことはなかったよ」

大したことはない、なんて言うルークだけど、答辞は卒業生でも成績がトップだった人物に任せられると伯爵が大興奮で話していたらしい。

名だたる貴族が通っていたアカデミーで、ルークはとても優秀だったのだ。

「ルークのかっこいい姿を見たかったな……」

本音がこぼれるとルークが苦笑していた。

「リペアが見ていたらもうちょっと張り切ってやったけどね」

「なにそれ。あ……卒業のお祝い、ごめんなさい、まだ出来てないの。もう少し待ってね」

「なにかくれるの？」

「ええと、期待されると困るんだけど、ハンカチに刺繍《ししゅう》を刺しているだけだから」

「リペアの刺繍は綺麗《きれい》だから楽しみだ」

「頑張る……」

「じゃあ、それを待つ間のお祝いもちょうだい」

そんなことを言ってルークが私に頬《ほお》を差しだした。

「もう、子供じゃないのよ？」

「いいじゃない」

ルークは昔からこうやって私にキスをせがむ。

甘えん坊な弟に困ってしまうけど、金銭的自由のない私がなにも用意できないのを知っているのだ。

「しょうがないわね。卒業おめでとう……」

キョロキョロと誰もいないことを確認して、ルークの肩に手をかけて頬にキスを贈ろうとした。

しかしもう少し、というところでルークが突然顔を動かした。

ちゅっ……

「い、いきなり動いちゃダメじゃない」

慌てて顔を離すけど、軽く唇に当たってしまった。

驚いて体を離すけれど、焦ってオロオロしてしまう。

「ごめん、向こうで声がしたように聞こえて……」

悪気はないのかルークはニコニコしていた。

ルークは気にしないのかもしれないけど、ちょっと唇に当たっちゃった……。

「誰かに誤解されたら困るよ」

「誰も見てないよ」

「ルークは平気でも、私はそうじゃないの」

「嫌だった？」

「そうじゃないけれど」

ふふふ、と笑うルーク。

私は初めてだったのに、弟にとっては大したことではないようだ。その余裕そうな感じが悔しい。

「あ、ほら、やっぱり人の声だ」

耳を澄ますと洗濯物を取り込みにきたメイドたちの声が聞こえた。

「戻らなきゃ」

そう言うとルークがサッと立ち上がって私を引き上げて立たせてくれた。

かけてもらっていた上着を渡すとルークがそれを小脇に抱えた。隣に立つルークが大きい。

「また背が伸びたんじゃない？」

「リペアが縮んだんじゃないの？」

「そんなわけないでしょ」

ハハハ、とルークが笑うのに見とれてしまう。

「また後でね」

見つからないようにルークが私の頭をそっと撫でてからその場を立ち去る。会っていたことがバレたら私が伯爵に叱られるから気を遣ってくれたのだろう。

屋敷に戻って一番に会いにきてくれたのかな……。

偶然触れ合ってしまった唇を指でなぞりながら、私は心臓が落ち着くのを待って部屋に戻った。

あんなに素敵な弟がいるのも、私の結婚の障害になっているんじゃないかな……。

立派になったルークを思い浮かべるとそんなふうに考えてしまうのだった。


ルークが屋敷に戻ってくると、サラの監視がいっそう厳しくなってうんざりしてしまう。

伯爵は本格的に私をルークから遠ざけたいらしい。それでも、パーティのパートナー役だけは許された。

結婚して出ていけと言っておきながら協力もせず、これ以上冷遇するなら離婚すると母がとうとう伯爵に言ってしまったようだ。

母は私になにも言わなかったけれど、使用人たちが噂をしていたのを聞いた。

口答えなんかして大丈夫だったのだろうか。伯爵はすぐに暴力的になるのでハラハラする。

部屋で一人の夕食をつつきながら、本邸ではルークを囲んで夕食を摂っているのだろうと思う。

その輪の中に入れなくて寂しいけれど、ルークとはパーティで会えるからと我慢した。

どのみち伯爵が一緒では嫌味《いやみ》しか言われないし、それにルークは戻ってきて一番に私に会いにきてくれたのだ。

パーティ……。

母はドレスを用意すると言ってくれたけれど。

今までの経験から手配したものが私のところに無事に届くとは限らないことを知っている。

明日がパーティなのに、手元に届いていないということは期待できない。

なぜだかサラは私と母のことを嫌っていて、今までもなにかと私への贈り物を妨害してきた。

誕生日の贈り物のぬいぐるみのウサギがズタズタになっていたこともあるし、クッキーが粉々になっていることもしょっちゅうだ。

このことは母が悲しむので言えていない。伯爵はサラのすることを容認している節があるのだ。

一応、前に着たドレスを綺麗にしておこうかな……。

何度も着ているのでわかる人にはわかるかもしれないけれど、何か着ないと出席はできない。

そう思ってクローゼットから着古したドレスを出そうとしていると、窓がコツコツと叩かれた。

外を窺《うかが》うと小さなバルコニーにやってきたのはルークだった。

手にはリボンのついた白色の箱を持っている。

慌てて掃き出し窓を開けてルークを部屋に招き入れた。

「はい、これ」

「ルーク、どうやってきたの？　ここ、二階なのよ？」

「どうって、普通に木を伝ってきたよ」

覗いてみると確かにバルコニーのすぐ側に大きな木は生えているが、その枝から飛び移ってきたと思えば肝が冷える。

「怪我《けが》をしたら大変よ！　それに、別館にきてはいけないわ。伯爵に見つかったら叱られてしまう」

「リペア、僕のことをいくつだと思っているの？　こんな木を登るなんて大したことはないし、父に叱られたところでもうなんとも思わないよ」

「でも」

「大丈夫だよ。僕は平気だけどリペアが怒られるのは嫌だからこっそり抜けだしてきてる。そんなことより、箱を開けて」

「そうは言っても……この箱って？」

「明日のパーティはこのドレスを着て。支度には何人か寄こすから。それから、これも」

「なに？」

「リペアに似合うと思って買ったんだ」

小さい方の箱を差しだされて、中を見ると水色の宝石のついた蝶《ちょう》のモチーフのバレッタだった。

「可愛《かわい》い……ありがとう」

「気に入った？」

「うん。とても。ルークが選んでくれたの？」

「そうだよ。着けてみてもいい？」

「い、いいよ」

箱からバレッタを出したルークは後ろに回って私の髪に触れた。

サイドの髪を持ち上げる時にルークの指が軽く耳に当たった。

なんでもないことのはずなのに、とても悪いことをしている気分になってしまう。

パチン……。

「とっても似合ってる」

ドレッサーの鏡に映るようにルークが私の肩に手を置いて角度を調節する。

バレッタの似合い具合は見たかったが、一緒に覗き込むルークの顔が近くてドキドキした。

「あの、私からも」

ルークから逃げるように体を離し、ドレッサーの引き出しから昨日完成させたハンカチを出した。

明日会えるからと用意していたものだ。

バレッタのような高価なものではないけれど、三カ月かけた大作なので喜んでくれるといい。

「すごい……。リンドバーグの紋章がこんなに細かく刺してある。時間がかかったでしょう？」

「うん……でも喜んでほしかったから」

「とっても嬉しいよ。大事にするね。ありがとう」

大切そうにルークがハンカチを受け取ってくれて私も嬉しかった。

「じゃあ、見つからないうちに本邸にもどるよ。明日、楽しみにしてるから」

「いつもありがとう。でも、明日の私のパートナーは無理じゃない？　ルークは婚約者を迎えに行くのではないの？」

「なにそれ、どういうこと？」

「伯爵がルークは婚約が決まったって言ってたわよ」

「ああ、あの話か。すぐに断ってるよ」

「断った?」

「うん」

確かに卒業してすぐというのは早いと思ったけれど、断ったりできるものなのかな。伯爵はすごく乗り気だったと思うけれど。

「そんなことより、リペアのパートナーは僕だからね。ファーストダンスは絶対に僕と踊ってね?」

「う、うん」

「じゃ、おやすみ。明日ね」

「おやすみ。見つからないように戻って」

ハラハラして木を伝って下りるルークを見守ったが、彼が言ったように造作もないことだったようで、簡単に地面に着いて手を振ってくれた。

ルークを見送ると明日会えるというのに、急に寂しくなった。

部屋に戻ってリボンをほどいて白い箱を開けると、そこにはピンク色のドレスが入っていた。

「私が好きな色……お母様ったら、仕立てたのかな。既製品でもよかったのに。でもすごく、綺麗」

持ち上げてみるとドレスは素晴らしいものだった。

腰のベルトで花束を束ねたようなデザインで、左右の生地でドレープを作り、中央は下から白の花柄のレースが覗くようになっている。靴も合わせてつけられていて、いったいいくらかかったのか気になった。

「無理して伯爵に文句を言われていないといいけれど」

気がかりはあるとしても、こんなに素敵なドレスを着られると思うと嬉しくて思わず抱きしめてしまった。

次に会ったときにお礼をいわないと。

ドレスをあてて鏡を見ていると、バレッタがキラリとその存在を主張していた。

この宝石の水色……偶然だろうけれど、なんだかルークの瞳の色みたい。

そう思うと無性に恥ずかしくなった。

パーティで意中の人に自分の瞳の色の宝石を贈るのが最近流行《はや》っているのだ。

きっとパーティに興味ないルークは知らないだろうけれど。


次の日は朝から私の支度のためにメイドが数名部屋にやってきた。

そうして髪を結ってもらい、ルークにもらったバレッタを着けてもらった。

ドレスを身に着け、準備が整った。さすがに今日はサラも意地悪できないようだ。

本邸の前に向かうと母が入り口で立って待っていてくれた。

「まあ、とっても似合っているわ」

「こんな素敵なドレスを揃《そろ》えてくれるなんて、ありがとうございます」

「あ……それは、まあ、うん。気にしないで。さあ、ルークといってらっしゃい」

「リペア」

呼ばれて振り向くとルークが正装して立っている。

銀色の刺繍の縁取りの入った紺色のジャケットがとても似合っている。

どうしよう、かっこよすぎる。

「ルーク、とっても素敵だわ」

これじゃあ、会場に着いたら女の子たちが大騒ぎね。

「リペアも良く似合っているよ。では、行こう」

満足そうに眼を細めたルークが差し出してきた手に自分の手をのせる。母に簡単に挨拶すると馬車に乗り込んで、会場へと向かった。

「リペア、今日は僕の側を離れないでね」

「私は結婚相手を探しに行くのよ？　ルークが隣にいたら相手が霞《かす》んで見えてしまうわ。あ……少し不思議に思っていたのだけど、ルークはいつから私の名を呼ぶようになったの？　こないだまで『姉さん』と呼んでくれていたじゃない」

「僕も成人してアカデミーを卒業したんだよ？　いつまでも子供ではないからね」

「それは、知っているけれど……姉弟だってわからない人が勘違いしてしまわないかしら。ん？」

子供じゃないっていうのと『姉さん』って呼ぶのは関係ないのではないかな。

「リペアって呼んでもいいでしょう？　姉さん。僕も大人ぶりたいよ」

「い、いいけれど……」

名前呼びはちょっと家族から外されたみたいに思えて寂しいのだもの、とは言えなかった。

だって、『リペア』と呼ぶルークがあまりにも嬉しそうだったから。

「そういえば、パーティ主催のデリック夫人が贔屓《ひいき》にしている占い師を呼んでいるらしいよ」

「へえ。占いって当たるのかしら」

「なんでも未来が見えるという魔女の家系で……まあでも、占ってもらうにはコネとお金がいるみたい」

「魔女……」

「昔は積極的に迫害されていたけれど、今は黙っていればそれでいいって感じだからね。どっちみち正体を明かすことはないだろうね」

「じゃあ結局誰が占い師かはわからないわね」

その昔、魔法が使える人間が稀《まれ》にいたという。

それこそ火や水を自由に扱える人もいたと文献にも残っている。

けれど、異能を使える人は人々に恐れられ、『魔女』とされて迫害された。

それこそ力が露見すると捕まり、火あぶりにされる時代もあった。

故に能力のあるものはそれを隠して生きているという。

「はあ。僕が魔法を使えたら、すぐにでもあの屋敷を出たいよ……」

ルークのボヤく声が聞こえたけれど、出て行くのは私なのだから、と聞こえなかったふりをした。

会場に着いて馬車が止まると、先に下りたルークが私に手を差し伸べてエスコートしてくれる。

今まで会った誰よりカッコよく見えて、なんだかドキドキしてしまう。

ほら、皆がこっちを見てため息をついている。

さすが私の弟よね。もう自慢しちゃいたい。

「……ペア……リペア！」

「あ、ごめんなさい。ボーっとしていて」

「ちょっと挨拶したい人がいるからここで待ってて。ダンスが始まるまでには戻ってくるから」

「う、うん」

アカデミーのお友達かしら。

同じ年頃の男女が向こうにいる。集団に声をかけたルークに色々と話しかけているようだった。

屋敷を出て、ルークにはルークの世界が広がったようだ。

なんだか知らない一面を見る度に少し寂しくなる。小さい頃は私の後を追い回っていたのに。

可愛かったな。あの頃は本当に天使かと思っていた。

さて、軽く食べて待っていよう。そう思ってビッフェの方へ向かうと母くらいの年齢のご婦人がテーブルの上を手で探っていた。

「どうかされましたか？」

「取ろうとしてうっかりフォークを落としてしまったの。テーブルの上だと思うのだけど……」

ご婦人の視線の先をざっと探すとフルーツがのっている銀食器の横に小さなフォークが隠れていた。

「ここにありますよ」

フォークを拾って渡すと彼女はこちらを向いた。

「まあ、目の前にあったわ、お恥ずかしい。あら……あなた、若草色の瞳なのね」

「はい……あ」

そういうご婦人も若草色の瞳をしていた。

そんな色の瞳は母しか知らないのでなんだか親近感があった。

「ふふ、あなたはどちらの道を選んでも逃げられないわ」

「え？」

「でも、安心して。幸せにしてくれるからね」

「あの……」

なんのことかと聞こうとしたら従者のような男の子が現れた。

「ここにいらしたのですか？　ご主人様がお呼びですよ」

「美味《おい》しそうだったからケーキを食べたくて」

「それなら私がお持ちしますから」

「あら、そう？　あ、親切なお嬢さん、ありがとうね」

男の子は急《せ》かすようにご婦人の手を取って連れて行ってしまった。

なんだったのだろう……。首をひねってみたものの、わからないのですぐ忘れてしまった。

ルークはアカデミーの仲間と積もる話もあったようで、なかなか戻ってこなかった。そのおかげで普段はあまり食べることができないデザートを堪能できた。

楽団が音合わせをするのを見ながら壁の花になっていると、三人のご令嬢が私の目の前に現れた。

「失礼ですが、ルーク様の義理のお姉様のリペア＝ハーヴェス様ですか？」

中央にいる令嬢が私に声を掛けてきた。

どうやらルークの知り合いらしい。茶色の髪を綺麗にカールして、赤いドレスを身に纏《まと》っていた。

胸には大きな宝石のついたネックレスが揺れている。

「そうですが、なにか？　弟は挨拶にあちらに行っていますよ」

「私、カーミラ＝レストンと申します。ルーク様にエスコートをお願いしたのですが、お義姉《ねえ》様とお約束があると断られたのです」

それを聞いて思い出した。

リンドバーグ伯爵がルークの婚約者になると喜んでいたご令嬢だ。婚約は断ったとルークは言っていたけれど、どういうことだろう。

私が不思議そうな顔をしていたのに何か悟ったのかカーミラが続けた。

「確かにアカデミーから戻って間もないので、婚約はもう少し先の話になりましたが、いずれ婚約者になることは決まっています。お義姉様がお一人で可哀《かわい》そうだとおっしゃるのでエスコートは我慢しましたが、こちらとしては彼と親睦を深めたいと思っているのです」

なんと、ルークはご令嬢のエスコートを姉のために断ったのか。

確かにルークなら私を一人でパーティを向かわすのは可哀そうだと思いそうだ。

「そうだったのですか」

「心優しいルーク様がお義姉様の頼みを断れなかったのは仕方ないことですが、ファーストダンスはどうしてもルーク様と踊りたいのです。どうかダンスの相手は譲っていただけないでしょうか」

ん？　エスコート役を奪ったと聞いて申し訳ないと思ったが、私はルークにエスコート役を無理に頼んだことはない。

私が悪いように言われても困る。

「……ええと、それはルークにも聞いてみないといけませんので、戻ってきたら聞いてみましょう」

ルークはパーティのファーストダンスは僕と踊ってくれと言っていた。

カーミラと踊りたかったら事前にそう言うだろうし、私が勝手に譲るというのはよくない。

そう思って提案したのに彼女たちは怒り出してしまった。

「それではダメだからカーミラ様が今頼んでいるのでしょう？　もしかしてリペア様って気遣いができない人なのですか？」

呆《あき》れた顔で左側の令嬢が私に言う。

そう言われても私はただ、ルークに聞いてみましょうと言っただけだ。

しかし、彼女たちはもう私の話など聞くつもりはないようだった。

「弟だからといってルーク様にいつもエスコートさせるのは変です。あなたはさっさとバルコニーにでも隠れていればいいのよ。さ、行きなさいよ」

小突かれて、もう一人にもまくしたてられ、結局バルコニーに追いやられてしまった。

結婚相手を探すためにきたのに、これはない……。

けれどここで騒ぎ立てるのもおかしいし、きっとカーミラも婚約者になるルークと踊ったら気が済むだろう。

ルークも『断った』だなんて言わないでちゃんといずれは婚約すると教えてくれたらよかったのに。

確かにパーティのファーストダンスは婚約者になる人と踊りたいものね。

ハア、とため息をつきつつ、ダンスを踊り終わるまではここで見ていようと決めて、バルコニーから中の様子を窺った。

しばらくしてルークがこっちに戻ってきて私の姿を探していた。そこへカーミラが声をかけたようだが、それどころでなく私を探していた。これではまずい。

私はバルコニーの入り口からルークに手を振った。

気がついたルークがこちらにこようとするので、こなくていいと手で制して、カーミラと踊るように身振りを繰り返した。

やがて音楽が始まり、諦めたルークがカーミラと踊り出した。

カーミラははじけるような笑顔でルークと踊っている。

ルークったら愛想笑いくらいしたらいいのに。

これは後で怒られそう……でも、彼女がルークの婚約者になるならこうした方がいい。

途中、カーミラが何度も私に勝ち誇ったような視線をよこして、それがなんだか不快だった。

あなたの希望した通りにしたのに、どうしてそんなに蔑《さげす》んだ眼で私を見るのだろう。

「はあ……」

踊る二人を見ているのがなんとなく辛くなって、その場から離れてバルコニーから空を見上げた。そういえば、あの夜も雲のない空だった。星がいくつも流れて……ルークと二人で願い事をした。

「ご令嬢」

声を掛けられて振り向くとそこには金色の長い髪をした男性が立っていた。

一回りほど年上のようで、自分の魅力に自信のありそうな派手目なジャケットを身に着けていた。

「お一人ですか？」

「少し人に酔ってしまって夜風に当たっていたのです。すぐ戻ります」

外の空気を吸いにきたのかな、と思って場所を譲ろうとすると、男性が動いてわたしの行く先を塞いだ。

「よろしければ、少し私とお話しませんか？　まるでその髪飾りの蝶のように美しいあなたに興味があります」

そこで、やっと自分が口説かれていることに気づいた。

驚いた、今までそんな人に会ったことがなかったから新鮮に感じる。

「お名前をお聞きしてもいいですか？　私はエステル＝ボヤージェと申します。この地域のパーティは初めてで、不慣れなことがありましたら申し訳ありません」

「私は、リペア＝ハーヴェスと申します。外国の方ですか？」

「国境近くの領地を賜っている者です」

「では、辺境伯なのですか？」

「そう呼ばれることが多いですね。リペア様はおいくつなのですか？」

「二十歳です」

「お若いとは思っていましたが……あ、終わったようですね」

一曲目が終わって、こちらを向いた辺境伯が私にお辞儀をした。

「リペア様、一曲ご一緒にいかがですか？」

ルーク以外にダンスに誘われたことがないので一瞬何が起こったのかわからなかった。

どうしたらいいかわからなくて動けないでいると、もういちど辺境伯が催促するように手を差し伸べた。にっこりと笑う辺境伯の余裕のある態度に断ることはできないと悟った。

「喜んで」

どのみちダンスの誘いは余程のことがないと断れない。

一曲踊ればいいことだから、と辺境伯に連れられて室内に戻った。

「リペア！」

ルークがこちらに気づいて声を上げた時にはもう曲が始まっていた。

カーミラが離さなかったのか、苦虫を噛《か》みつぶしたような顔をしてルークも彼女と二曲目を踊り始める。

「あちらはどなたですか？　ずいぶんリペア様のことを気にしてらっしゃる」

「弟です。一緒にきてもらっているので心配してくれているのでしょう」

こちらを気にしたルークが怖い顔をして見ている。

私ってそんなに心もとないのかな。一応姉なのに。

辺境伯はルークの視線をクスクスと余裕で楽しんでいるようだった。

踊り慣れているようでとてもリードがスムーズだ。

「田舎にご興味はありますか？」

「え？」

「リペア様のような若い女性は都会の方がお好きでしょうね」

話の意図が見えなくて、どう答えていいか悩む。

屋敷からほとんど出たことのない私は都会にも田舎にも興味はある。

しかしどちらも私には新聞や本の世界でしかないものだ。

「都会には都会の、田舎には田舎のよいところがあると思います」

私がそう答えると辺境伯は腰にあてていた手に力をいれた。

ちょっと強引さが嫌だと思うのは贅沢《ぜいたく》なのだろうか。

「それなら是非私の領地にご招待したい」

「あのそれは、どういった……」

「リペア様に一目惚れしてしまいました」

「一目惚れ？」

「社交場ではよくあることですよ。どうですか、このまま私の宿泊先で過ごしませんか？」

ぐっと体を寄せられそうになって、逃げるようにステップを踏んだ。

宿泊先だなんて何を考えているのだろうか。

「私はそういうのは不慣れで……それに結婚相手を探しています」

これはよくない誘いだとなんとなく理解して断る。

そこで、曲が終わって、血相を変えて飛んできたルークに引き離された。

「姉さん！　なにをしているのですか！」

怒るときは『姉さん』なんだ。と妙に納得してしまう。

「リペア様の弟さんだそうですね。初めまして、エステル＝ボヤージェと申します。彼女に交際を申し込んだのですよ」

そんなルークの様子を楽しむように辺境伯は答えた。

交際というのはこういう感じで申し込まれるものなのだろうか。よくわからない。

「ボヤージェ……辺境伯ですか。初めまして。私はルーク＝リンドバーグです」

「おや、姉弟なのに家名が違うのですね」

「私の母と弟の父が再婚していますので」

私が説明すると辺境伯がルークを見て意味深にフッと笑った。

「なるほどね。弟さんはリペア様を守っているのか」

「ルーク様、突然どうしたのですか？」

そこへカーミラがやってきて、なんだか不穏な雰囲気になった。

恐ろしい顔で睨《にら》まれて怖すぎる。

「姉さん、顔色が少し悪いですよ。あちらで休憩いたしましょう。では、みなさん失礼します」

顔色？　と思ったらもうルークに腕を引かれていた。

カーミラはそれを見ていっそう恐ろしい顔をしていて、辺境伯は面白そうにしていた。

「ルーク、そんなに引っ張ったら腕が抜けてしまうわよ」

休憩室の一室に私を押し込めるとルークは私に詰め寄ってきた。

「どうして待っていてって言ったのに、待たなかったの？　ダンスは僕と踊ってと言ったじゃないか」

「それは、カーミラ様に譲ってくれと言われて……」

「譲ってくれと言われたら、簡単に譲るの？　僕の意思などお構いなしに？」

「もちろんルークの意見も聞くつもりだったけど、その前にバルコニーに押しやられてしまったの。

カーミラ様はあなたの婚約者になると聞いたし、その方がいいかと思ったのよ」

「婚約の話はあちらから打診があっただけで、断ったって言ったじゃないか」

「そうだけど、アカデミーから帰ったところだから少し先に延ばしただけだって聞いて」

「それより、どうしてボヤージジェ辺境伯となんか踊ったんだ」

「成り行きで。誘われて断る理由もないでしょう？」

「若く見えてもボヤージジェ辺境伯はずいぶん年上だよ？　数々の女性と浮名を流しているプレイボーイなんだからリペアなんてすぐに騙《だま》される」

「そんな言い方は……。私だってちゃんと考えて」

「リペアは隙が多すぎる！」

強くルークに言われて驚いた。

いつもルークは優しくて怒ったりしない。それほど考えなしに私は行動してしまったのだろうかと気持ちが一気に落ち込んで悲しくなってくる。

よかれと思ってしたことが裏目に出て叱られるのは辛い。

情けなくルークの前で涙が出そうになるのを耐えて下を向いた。

「あの……リペア、ごめん。言い過ぎた。今日はどうしてもファーストダンスをリペアと踊りたかったんだ。だから……」

「会場に戻るわ」

考えたつもりだった。だからルークに相談しようとした。

でもルークの未来の婚約者にも嫌な思いをさせたくなくて譲ったのだ。

姉である私より、婚約者になる彼女の方がこの先ルークにとって大切だと思ったから……。

「あの、せっかくだし仕切り直して踊ろうよ」

「ごめんなさい、靴が新しくて足が痛くなったの」

「そう……」

ルークと会場に戻ったが、気持ちは落ち込んだままだった。

気遣ったルークがダンスに誘ってくれたが、もう踊る気にはなれなかった。

「ルーク！」

知り合いに呼ばれても動かないルークの背中を押す。今は一人にしてほしかった。

「私は大丈夫だから、行ってきて」

何度も振り返りながらルークが私から離れた。

「私だって、ルークと踊りたかったけど、あの場合仕方ないじゃない……」

誰にも聞こえないような小さな声で言ってみる。

ルークにあたっていると分かっていても、感情がコントロールできない。

心配をかけたくないのに、でも意地を張ってしまう。

そういえば辺境伯も見当たらなくなっていた。

ほらね、私に興味のある人なんていないのよ。

きっと一人でバルコニーにいた私が珍しかったのだろう。少しからかわれたのだ。

「リンドバーグ伯爵家の居候がまだいるの？」

気力もなくなって壁に寄りかかっているとクスクスと私を笑う声が聞こえる。

いつものことなのに、今日は心が折れてしまった。


結局、帰りの馬車もルークとぎくしゃくして屋敷に戻った。

強くエスコートを拒否した手前、なかなか素直に謝れなかった。

それに、自分がとてもみじめになった。

今に始まったことじゃない。

私がパーティに行ってもみんなが近寄ってこないのは私がリンドバーグ伯爵家の居候だから。

私は実父の家名のハーヴェスを名乗っているし、それは男爵であるけれど今は遠縁の親戚が継いでいて関係も薄い。

貴族とは名ばかりの得体のしれない人と関わり合いたくないのは当たり前で、そもそもそれを説明しても後ろ盾も持参金も無いのに変わりない。

結婚相手どころか、友達の一人もできないのがリペア＝ハーヴェスなのだ。

ルークの差し出した手を無視して、とぼとぼと馬車から降りると、出迎えてくれた母が私の様子を見て駆け寄ってきてくれた。

「どうしたの？　今日はルークと楽しんでこなかったの？」

問いかけた母に、答えたのはルークだった。

「僕の不用意な言葉でリペアを傷つけてしまって……」

「まあ、あなたたちが仲たがいなんて珍しいわね。でもこんな日に」

その言葉にハッとした。

ルークがエスコートしてくれる最後のパーティだったかもしれなかったのに……。

それに気づいてもう、泣きそうになった。

拗《す》ねてなんていないで、さっさと機嫌を直して踊っておけばよかった。

気持ちがぐちゃぐちゃになって、ドレスを掴《つか》んで下を向いていると母は優しくハグしてくれた。

「リペア、私があなたの部屋まで送るわ。ルーク、リペアのことは私に任せてちょうだい」

「でも……」

「ちゃんと私が話を聞いておくから」

「お願いします」

その場にルークを残して母が別館の私の部屋へ連れて行ってくれた。

こんなとき邪魔してくるサラはめずらしく見当たらなかった。

「さあ、お水でも飲んで落ち着いて。何があったか教えてちょうだい」

部屋に着くと母は優しく私をベッドに座らせた。重い気持ちで私は口を開いた。

「パーティ会場でルークの婚約者になるというカーミラ＝レストン嬢が私のところにきました。私にルークとのファーストダンスを譲ってほしいと言って頼んできたのです」

「そう。それで、譲ったの？」

「ルークに『ダンスは絶対に僕と踊って』と言われていましたから、カーミラ様にはルークに話をしてからにしてほしいと相談しました。だけど、押し切られてしまって」

「……あのね、リペア。実はあなたのそのドレスはルークが用意してくれたものなの」

「え？」

「だから、きっと一番に綺麗に着飾ったあなたと踊りたかったのだと思うわ」

「そ、そうだったのですか……これを、ルークが……」

「ルークにずっと相談されていてね。色々と私も手伝っていたのよ。伯爵にバレないように資金も用意したの。アカデミーに通いながらね。どういうことかわかるでしょう？」

「……ルークの苦労なんて知らなくて、私……他の男性と踊ってしまいました」

「ほ、ほ、他の男性⁉」

「はい。たまたまバルコニーでお会いした人です。私に一目惚れしたとおっしゃっていましたが、ルークに聞いたところプレイボーイで、あちこちに声を掛けている人だそうです」

「一目惚れ？」

「お母様、大袈裟《おおげさ》です。すぐに会場からいなくなってしまいましたから、それから会っていません。冗談だったと思います」

「それでルークは、なんて？」

「隙がありすぎると怒られました」

「……あの、リペア」

「はい」

「そのドレス、まだ脱がないで。いい？　そのままでいるのよ？　髪は私が直してあげるわ」

「え？」

「ちょっと私は本邸に戻るから、絶対にその恰好《かっこう》のまま、待っているのよ」

「はい」

母はそう念を押して部屋を出ていってしまった。

結局結婚相手も見つからなかったのだから今後のことを相談したかったのに。

このドレス……ルークが用意してくれたのね。

あれ、ちょっと待って。

パートナーにドレスを贈るなんて、まるで求愛しているようなものじゃないか。

知ってて用意した？

いや、知っていたらそんなことはしないだろう……でも、選んだという事実がなんだか急に恥ずかしくなってきた。

コンコン、とドアが叩かれた。

お母様ったら勝手に入ればいいのに。

そう思って開けると、そこにはルークが立っていた。

「ルーク、どうして？」

「今日は父さんがサラを連れて出かけているんだよ」

「そうなの？　じゃ、なくて……」

どうしてここにきたのかと聞いているのだけど……。

ひとまずドレスのお礼が先だと向き直ると、ルークが先に私に手を差しだした。

「リペア、僕と踊ってくれませんか？」

「えっ」

「ダメ？」

「ダメじゃないけれど……」

私がそう答えるとルークが私の手を引いて裏庭に連れ出した。

「誰かに見られてしまうわ」

「今日はサラがいないから、みんなのびのび酒盛りしてるよ。それに、裏庭には誰もこないよ」

笑うルークはそう言って私にお辞儀をしてきた。

それを見て慌てて私も頭を下げる。

音楽がなくてもルークとの踊りは体が覚えていた。小さい頃に何度も踊った。

「あの……ドレスを用意してくれてありがとう。お母様に聞いたわ。ルークが用意してくれたって」

「うん。だから、どうしてもリペアとファーストダンスを踊りたくて……酷《ひど》いことを言ってごめん」

「私の方こそ、他の人と踊ってしまったわ。ごめんね」

「あれは本当に腹立たしかった」

「ご、ごめんなさい」

「今こうして踊れているから許すよ。リペア、最高に綺麗だ」

「……ルークも素敵だよ」

クルクルとダンスを二人で踊る。ルークと踊るのは楽しいし、嬉しい。

今日はいつもよりドキドキと胸が高鳴る。

月明りに照らされるルークがカッコよく見えて仕方がなかった。

背も高くなったし、体もしっかりしてる。そう言えば、いつから声変わりしたのだろうか。

踊り終えてベンチに座ると、ルークが真剣な顔で私に聞いた。

「リペア、昔預けた僕の実母の指輪ってまだ持ってる？」

「……うん。持ってるよ」

「それって、返してもらえるかな」

その言葉を聞いて、フワフワした気持ちがパチンと消えた。

胸はギュッと心臓を掴まれたような気分で息苦しい。

返してほしい、ということは、それを誰かに渡すということだ……。

「い、いいよ……用意しておくね」

やっとのことでそう答えると、向こうから馬の蹄《ひづめ》の音が聞こえた。

「もう帰ってきたのか……」

「大変！　戻らないと」

正門の方から聞こえたので、きっと伯爵が馬車で帰ってきたのだろう。

私とルークは慌ててベンチから立ち上がった。

「リペア、あの……」

「次に会う時にあなたのお母様の指輪を渡すわ」

「うん」

緊張した顔にまたちょっと胸が詰まったが、約束してルークと別れた。

断ったと言っていたけれど、やはり将来的にはカーミラと婚約して、彼女に指輪を渡すのだろうか。

それとも別の意中の女性が？

パーティ会場にいたアカデミーの仲間には女性もいた……そう思うと急に悲しくなった。

部屋に戻ってドレスを綺麗に箱に戻すと、さっそくルークの実母の指輪を収めていた宝石箱から出して眺めた。

これが必要なのだとしたら、先にルークの方が結婚してしまうかもしれない。

弟が恋をしたら、こんなに胸が苦しいものなのだろうか……。

そんなモヤモヤした気持ちを抱えて眠った次の日、予想もしないことが起きてしまった。

第二章　魔法とワンナイトと駆け落ち

「エステル＝ボヤージュ辺境伯爵からお前宛てに縁談の申し込みが届いた。いったいどういうことか説明しろ」

午後からのんびりとレース編みをしていたところに本邸のリンドバーグ伯爵から呼び出しがあった。結婚相手を見つけられたのかと詰められるのかと思いながら、重い足取りで向かったのだが様子が違った。

「縁談……ですか？」

「辺境伯と面識があったのか？」

「昨日パーティでお会いしました」

「ふーっ。なるほどな。辺境伯からの縁談だとうちでは断れない。上手くやったな。まあいい。お前にしては上出来だろう」

怒っていないのはリンドバーグ伯爵としては都合のいい縁談ということなのだろうか。

しかし、辺境伯が本気だったとは全くの予想外だ。

どうしよう、心構えのないまま決まってしまう。

優しそう……ではあったような。でも、ねばつくあの視線が不快だった。

「それでは縁談を進めていく。荷物をまとめておくといい」

一言も私に口を出させず一方的に話は終わる。

私はトボトボと売られた子牛のような気分で伯爵の執務室を出た。

「リペア、こっちよ」

廊下を歩いていると、母が焦った顔で私を部屋の中に引き入れた。

「お母様、結婚が決まってしまいました」

「私も伯爵から話は聞いたわ。まさか、リペアと踊ったボヤージュ辺境伯が縁談を申し込んでくるとはね。伯爵が後見人を引き受けると言い出したわ。リペアの結婚には無関心を通してきたのにどういうつもりなのかしら」

「爵位はあちらの方が上ですから、本来なら私を嫁がせたくないはずです」

伯爵の望む私の嫁ぎ先は自分が歯牙にもかけない貧乏貴族のはずだ。

「これは、きっと何か裏があるわね。それとなく、探りを入れるわ。それまではなんとか結婚の返事は引き延ばさないと。リペアを家族とは認めないと散々言ってきたくせに、こんな時だけ保護者面されてたまるものですか！」

「でも、お母様、私にやっときた縁談です。しかも伯爵も納得しています」

「……リペアはそれでいいの？」

「もともと選べるものではないと思っていますから」

私がそう言うと母は真剣な顔で私の手を両手で包んだ。

「あのね、リペア……実は私の血筋の子だけに伝わる魔法があるの」

「魔法、ですか？」

「そうよ。あなたが人生の大事な選択をするときに教えるつもりだったのだけど、今まさにその時だと思うわ」

母は首元からペンダントを引き出して、私の手にのせた。

銀色の鎖の先には何か文様が刻まれた緑の石がついている。

それは私や母と同じ若草色の瞳の色の石だ。

「このペンダントをあなたに譲るわ。あなたはあなたが産む子にまた譲ってちょうだい。そうやって受け継がれてきたの。次に渡す子を見定めるのは簡単よ。この石と同じ瞳の色で生まれてくるから」

「このペンダントで魔法が使えるのですか？　そんな、いったいお母様は……」

「私の祖先には魔女がいてね。その力を使うためにこの魔法道具が受け継がれているの」

その話を聞いて以前パーティで会った若草色の瞳のご婦人を思い出した。

「もしかして、魔女は若草色の瞳をもっているのですか？」

「その可能性はあるかもしれないけれど、魔法が使えることはみんな隠しているからなんともいえないわ。それに何人子供が生まれてもこの瞳の色を継ぐのは一人だと聞いているわ」

「なるほど」

でも、珍しいことには変わりないのだろう。きっとあの人は魔女だったのだ。確か、あの時なにか言われたけれど覚えていない。

「引き継がれる魔法は『人生の岐路に立った時、一度だけその選択をやり直すことができる』というものなの」

「それって……」

「時戻りの術よ」

「まさか、そんな都合のいいこと」

「私はあなたのお父様と結婚するときに使ったわ」

「だったら、お父様は……」

「残念だけど時戻りの術が使えるのは一生に一度だけ。戻れる時間は六十日以内なの。そもそもお父様が亡くなると知っていたら、使わなかったわ」

「亡くなる前に使ってしまったのですね」

「どのみち戻る時間をあらかじめ設定するものだから、亡くなったのを知ってから時戻りの術を使うのは不可能なの。あくまで『選択』する前に魔法陣を描いて、選択後の未来から戻りたい場合だけ戻れる術なのよ」

「それで『人生の岐路に……』ということなのですね」

「そうよ。実はあなたのお父様には私から告白したの。私を愛していたら結婚を申し込んでほしいってお願いしたのよ」

「えっ」

「そうしたら、お父様が『今からプロポーズをするところでした』って指輪を出してくるものだから、すぐに時戻りの術を使って私の告白をなかったことにしたのよ」

「そ、そんなことが……」

「リペア、あなたの人生の選択の時がきたと思うから、術を託すわ。最善の選択をして。あなたには幸せになってもらいたいから」

「わかりました」

稀に魔法が使える人がいるのは知っていたけれど、まさか母がそうだったとは驚きだ。

「それと、能力のことは誰にも秘密よ。魔法が使えると知られたら迫害されてしまうからね。あなたもあなたの子供に伝える時だけ教えるのよ。では、座標になる魔法陣の描き方を教えるわ」

カタン……。

「今、音がしませんでしたか？」

「リペア、あなたのドレスが机に引っかかってるわよ。驚かせないでよ……」

「あ……すみません」

「いい？　まず、戻ると決めたらペンダントを使って魔法陣を描くの。魔法陣はペンダントに彫られているこの柄よ」

「間違えたらどうしよう……」

「呪文を唱えるとペンダントの尖《とが》ったところが光ってペンみたいに描けるようになるの。魔法陣が消えない間……二、三時間は書き直しが可能だから間違えても大丈夫よ。間違えたり、手が当たって消えたりしたらちゃんと描き直してね」

「わ、わかりました」

「戻せるのは魔法陣で描いた座標の時までよ。くれぐれも気を付けてね。時戻りができるのは魔法陣を描いて術を発動させて六十日の間よ。その間、石は薄く光り続けるわ。光が消えたら時戻りは使えなくなるからね。じゃあ、肝心の呪文を伝えるから耳を貸して」

母が私の耳を両手で隠して小声でそっとその呪文を教えてくれた。

「聞こえた？」

「聞こえました」

「呪文は絶対に人には教えないでね」

「はい」

そうして母は私に魔法のペンダントを託した。

「辺境伯に嫁ぐ前に、これを使えば先のことがわかって、悪いことが起きれば戻れる、ということですね」

「リンドバーグ伯爵が後継人になってまでリペアを送り出すのが気になるの。それに……もう一つ使い方があると思う」

「もう一つ？」

「誰かにプロポーズされた時に時戻りを使うこともできるけど、私みたいに告白するときに使うこともできるわ」

「告白？」

「リペア、あなたは結婚相手は優しい人ならどんな人でもいいって言うけど、本当にこのまま嫁いで後悔しない？　あなたの心の中にいる大切な人に気づいてほしいの。もしもこの縁談から逃げたかったら私が手を貸すわ。ちゃんと考えて」

「……わかりました」

ギュッとペンダントを握る。

でも、私の大切な人なんて、母と……ルークしかいない。

母に言われたことをぐるぐると考えながらペンダントを握りしめて別館に戻る。まさか、自分が魔女の血を引いているなんて驚きだ。急に大きな秘密を持ってしまったことにドキドキする。

深呼吸しながら歩いていると途中の庭園で人影が見えた。

「ルーク様！」

聞きなれない高く弾《はず》む声がした。見ると、そこにはルークとカーミラがいた。

思わず、植え込みの陰に隠れてしまう。

「カーミラ様……どうしてここに？」

「リンドバーグ伯爵が招待してくださったのよ。素晴らしい庭園ですね」

「ええ。ここの手入れは母がきっちりとしてくれていますから」

「お母様というと、義理の？」

「血は繋《つな》がっていませんが本当の母のように慕っています」

「まあ。ルーク様は心が広くてお優しいのね」

カーミラと会話するルークの声が聞こえて、胸が苦しくなった。

ルークがどんな顔をしているのか見るのが怖い。

「カーミラ様、ルーク様、お茶の用意が整いました。リンドバーグ伯爵がお呼びです」

そこに使用人の声が聞こえた。

どうやら二人を会わせるために伯爵がカーミラをお茶会に誘ったようだ。

「ルーク様、行きましょう。お土産に人気の焼き菓子を持ってきたのですよ」

カーミラがルークの腕に手を絡ませようとしてルークがそれを避けて歩いていた。

まだ婚約者でもないのにちょっと積極的過ぎて驚いてしまう。

でも、無邪気にルークを求められるカーミラが羨ましいと思った。

ルークはああ言っていたけれど、やっぱり婚約は断られないのかもしれない。伯爵が乗り気なのだもの。

カーミラの父親のレストン子爵はお金持ちだと言っていた。母が言うにはリンドバーグ伯爵はお世辞にも経営の手腕があるとはいえず、未《いま》だルークの祖父の援助に頼っているらしい。

自分に商才が無いから、あんなにルークに勉強させているのかと思えば笑えない話だ。

アラ、ウフフフフ
カーミラの楽しそうな声が聞こえる。そのテーブルからルークを連れ去ってきたいと思ってしまう。

こんな醜い気持ちの自分に驚きながら、ルークの隣に立つのは自分ではないと思うと胸が痛んだ。弟を取られてしまう姉ってこんなに寂しいものなのかしら。

「あれ……」

知らず涙がこぼれていて、情けないな、と思う。

ルークが幸せになるよう祈ってあげないといけないのに。

結婚はたいてい親が決めるものだ。

熱烈に愛していなくても穏やかに過ごせたらきっとそのうち愛も芽生える。

私は私の、ルークはルークの相手がいる。お互い幸せになれたらいい。

でも……ルークの妻となった人はきっと幸せに違いない。

羨ましいと思ってしまうのは弟のルークが世界一優しくて素敵な男性だとわかっているからだ。


別館の自分の部屋に戻ると私はペンダントをしまおうと宝箱を開けた。

そこには古い指輪が一つ入っている。

「返さないと……」

二歳で母に連れられて、この屋敷にきたときのことは覚えていない。

私が覚えている一番古い記憶は、ふらふらと歩くルークと手を繋いでいたものだから私が三〜四歳くらいだろう。

天使のようだったルークは可愛くていつも私の後ろをついて回った。

屋敷の管理に追われていた母の代わりにルークに寂しい思いをさせないことが私の仕事だった。

それこそ一緒に遊んだり、本を読んだり、幼少のルークと一番長い時間を過ごしたのは私だろう。

これじゃあ、姉というより母のようかも。

「ふふ」

古い指輪はルークの実母の形見だ。私に持っていてほしいとお願いされたのだ。

私が別館に移り住むことになったきっかけでもあったあの夜……

流星群が現れるという話を聞いて、私とルークは夜中部屋を抜け出して本邸の屋根裏部屋から屋根に出て星を眺めた。

私が十三歳、ルークはまだ十一歳だった。

人は亡くなると星になるという。

お互い顔も知らない私の父と、ルークの母は、星の一つの中にいるのだろうか。

肖像画の中の動かないその人は、いったいどんな声をしていたのだろうか。

ある種同じ境遇の私たちはどうにもならない答えを星に求めていたのかもしれない。

白い息を吐きながら寒空の下、二人毛布にくるまって寄り添って眺めた。

「姉さん、これを持っていてくれない？　父さんが捨てていたのを拾ったんだ。見つかったら怒って取り上げられるかもしれない」

「指輪を？　捨てて……どうして」

「死んだ人に固執するのはよくないって」

「そうだとしても……寂しいね。お母様はいつも亡くなったお父様のことを『私たちだけでも大切に覚えてあげましょう』って言うのに」

「父さんは自分以外のことはあまり興味が無いんだ。あの人は、損か、得か、だけ。僕を手放さないのは亡くなった母さんの家からの支援があるからだ」

「損か得……か。私は伯爵にとって『損』ね」

「姉さんは損なんかじゃない。僕にとって大切な人だ」

「……ルーク、星が流れてくるよ。ほら願いごとをしなくちゃ」

「姉さん、僕が大人になったら……」

たくさんの流れ星が空を駆けていった。

そうして私たちは朝まで流れ星を目で追って、よろよろと屋根を下り、感傷にひたったまま屋根裏部屋で眠ってしまった。

朝、捜索されていたことを全く知らず、二人で一つの毛布にくるまって眠っているのを発見された。

その姿は運悪く伯爵にも目撃されてしまった。

激高した伯爵は口汚い言葉で罵り、私は頬を張られ、ルークは殴られた……。

小さな体は衝撃に壁にぶつかっていた。

鼻血を出したルークを見て咄嗟《とっさ》に庇《かば》ったけれど、すぐに引き離され、またルークは殴られる。

ただ、恐ろしくて頬を押えながらそれを見ているしかなかった。

私がちゃんと目を覚まして見つからないうちに部屋に帰っていれば、あんなことにはならなかったのに……。

そしてあれ以来私たちは離れて暮らした。

預かった指輪はいつでも返してあげられるように、時々宝石箱を開けて磨いていたのでピカピカだ。

それには小さな宝石が一粒埋め込まれている。

それも『侯爵家なのにケチ臭い』と伯爵は文句を言っていたようだ。

大きな宝石がついていたら売られていたに違いないとルークが言っていた。

「ルークが指輪を渡すのは誰なのかしらね……」

感傷にひたりながら指輪を眺めてから、もう一度磨くと星の刺繍をしたハンカチでくるんでおいた。

ルークにこれを返すのだから、この指輪に触れるのは最後になるだろう。

あの夜、星になんと願っただろうか。

そのときの記憶はぼんやりとしていた。


昨日カーミラが屋敷を訪問してから伯爵の機嫌がいいようで使用人たちの顔も明るいものだった。

機嫌が悪いと当たり散らすのでそういう日はみんなピリピリしている。

「リペア様、お仕度して本邸へ向かってください。お客様がお見えです」

ルークにどうやって指輪を渡そうかと悩んでいると、ドンドンと乱暴にドアを叩かれた。

外を窺うとサラがイライラした様子で立っている。

この伯爵のお気に入りのメイドはいつも私に横柄な態度を取ってくる。どうしてそんなに嫌われているのかは謎だ。

「お客様？　なにも聞いていないのですけれど」

「……ボヤージェ辺境伯様です。早くお仕度を」

サラは強引に部屋に入ってくると勝手に私のクローゼットを開けて漁りだした。

「はあ。地味で古いのばっかりですね」

失礼なことをいうサラに腹が立つ。

ルークにもらったドレスは箱に戻してベッドの下に隠していてよかった。

「私のところに新品のドレスがきたことはありませんよ」

言い返すとサラは黙って気まずそうにした。

過去に母が贈ってくれた新品のドレスをいくつか古いものに代えられていたことがある。

さすがにおかしかったので母に訴えて、母は伯爵に詰め寄ったが証拠がないの一言で終わった。きっとあのドレスたちはサラに売られたに違いない。

「これでいいでしょう」

少し前に綺麗に整えた古いドレスを差し出されて仕方なく仕度した。

本邸に向かうと、そこには不満そうな顔の母と反対にニコニコと機嫌のよい伯爵が客を迎えていた。

「突然、訪問してすみません。リペア様に会いたくて、年甲斐もなくきてしまいました」

なめらかにそんなことを言う辺境伯が花束を私に渡した。

「……ありがとうございます」

「縁談の話も進めて頂いているようで安心しました。十六も年上の私に嫁ぐのは不安かもしれませんが、大切にいたします」

「いやあ、辺境伯にそう言ってただけるとは光栄です。不出来ですが見てくれと若さだけはありますから」

「あなた……」

伯爵の不用意な発言に母が低い声を出して咎めた。さすがに失礼過ぎる。

「そ、そうだ、親交を深めるためにも庭園を案内してはどうだ？　辺境伯の地域では珍しい草花も多いだろう」

「そうしていただけると嬉しいです」

伯爵の提案に辺境伯がニコニコと答えた。仕方なく二人で庭園に行くことになってしまう。

「……では、こちらです」

心配そうな母に目配せをしてから辺境伯を連れて庭園に案内した。

しかしほどなくして、人気のない植え込み近くで後ろから腕を掴まれた。

「な、なにをなさるのですか？」

なんとかその腕から逃れようと動こうとするけれど力強くて動けない。

「フッ……初心《うぶ》なのですね。ますます私の好みだ。もうすぐ夫婦になるのですから、慣れていただかないと」

なにを慣れるのだというのか、気持ちが悪い。

「まだ、婚約もしておりません」

「リンドバーグ伯爵にはもう結婚の了承を得てます」

その言葉に自分が売られてしまったような気分になった。

ずっと私を邪険に扱った伯爵は、今となって保護者のようにふるまって私の結婚を勝手に決めてしまったのだ。

「滑らかな肌ですね」

「止めてください！」

「嫁いでいらしたら、もっとすごいことをするのですよ？」

辺境伯は私の腕をさするように触れた。

ぞわり、と鳥肌が立つ。逃れようと腕に力を入れるとクスクスと動けない私を笑った。

からかわれているようだ。

「まるでリスのようで可愛らしい」

「……あの、お話があります。その、辺境伯に嫁げば、もしもの時は母も一緒に面倒を見ていただくことはできるでしょうか」

それでも聞いておくべきことがあると我慢する。

私の話を聞いた辺境伯は少し間を開けてから答えた。

「リンドバーグ伯爵夫人のことですか？　夫婦仲でも悪いのですか？」

「いえ……もしも、のことがあったときです。母には後ろ盾がありませんので」

「そうですね、あなたがいいなら。美しい人は好きですから、私が引き取りましょう」

「え？」

どういう意味？　私がいいならって、なに？

美しい人って母のこと？　まさか、この人……母に興味があるというの？

自分が花嫁にしようとしている女性の母親に？　……でも確かに母の方が辺境伯と歳も近い。

「口づけくらいはしておきましょうか」

考え込んでいると辺境伯が腕を掴んで前に回り込んできた。

「なにをするのです？」

「ふふ、それも初めてですか？　可愛らしい」

なんなの、この人！

「え、いや、ちょっと……それは」

グイグイと近づく辺境伯に手を突っぱねて離れようとしてもびくともしなかった。

嫌だ、嫌……！

「ほらほら、もう観念して力を抜きなさい。優しくしてあげますから……」

優しくって、なによ！

助けて！　……ルーク！

心の中で叫んだ時、がさりと生け垣が揺れた。

「姉は嫌がっているように見えますが？」

声がしたかと思えばルークが現れて、私を辺境伯から離して背中へと庇ってくれた。

怖くて、ルークの背中にしがみついた。

「おやおや。弟くん、お邪魔虫ですよ。彼女は私の妻になるのだから」

「この屋敷でこんな強引な行為が許されるとでも？」

「ふう。この間のパーティ会場で聞いた噂は本当だったのですね。リンドバーグの姉弟は恋仲だって。だが、私が察するに……」

「お帰りください」

ルークが強く辺境伯の言葉を遮ると、辺境伯は面白そうにしている。

「おお、怖い。別に私だって初心なお嬢さんに無理強いするつもりはありませんよ。仲良くしたいだけですから。それに結婚すれば拒めることではないでしょうからね。しかし、若い男に勝つっていうのも楽しいものだね」

なにがおかしいのか辺境伯は私たちの方を見てクックックッと笑った。

「まあ、今日のところは帰ります。嫌われたくはありません。次に会うときは正式な婚約者として迎えにきます。では、ごきげんよう。リペア、と呼ばせて頂こうかな。君は妻の心構えをしっかり母親に習っておいで」

ひらり、と余裕の表情で辺境伯が屋敷の方へ戻った。

私はへなへなと体の力が抜けてしまった。

「リペア、大丈夫？」

「ルーク……」

「うん」

「ルーク」

怖くて、手の震えが止まらない。

そんな私をルークが優しく抱きしめてくれた。

辺境伯に触れられると気持ち悪くて怖かった体もルークなら安心できた。

しばらくして落ち着いてくると、辺境伯が言っていたことを思い出した。

リンドバーグの姉弟は恋仲……。

確かにパーティではいつもパートナーになってもらっていたけれど、そんな噂が出ていたなんて。

「ごめんね、ルーク。ありがとう。ここからは一人で戻るわ。伯爵に見つかったら大変よ」

「リペア、そんなことどうでもいいよ、あんな失礼で気持ち悪い男をリペアの相手に選ぶなんて！」

「うん……でも」

私をもらってくれる人なんてこの先現れないかもしれない。

それに、そんな噂が出回っているなら、ルークに迷惑がかかる。私が嫁げばきっと噂は消える。

けれど、母にまで興味を示す男。好色と言うのは当たっているのだろう。

ルークの付き添いを断って屋敷に戻ると辺境伯は急用で先に帰ったと聞かされた。

「一カ月後には領地に戻るらしいから、その頃に婚約して付いて行くといい。心づもりしておけ」

「そんなに早く？　そんなの、あんまりです」

余りにも急な決定に母が抗議の声を上げる。

けれどリンドバーグ伯爵は本気のようだ。

「黙れ、このままではルークの評判に傷がつく！　リペアは一刻も早くこの屋敷から出て行くべきだ。これまで養ってやっただけでも感謝しろ！」

「なんてことを！」

「お母様、大丈夫ですから」

伯爵と言い争いになりそうになるのを止めて母をなだめた。

「でも、リペア、こんなことってないわ」

「いざとなったら魔法があります」

それでも泣きそうな母に小声でいうと、やっと落ち着いてくれた。

その後は自分の部屋に戻って、辺境伯に触られたところを洗った。

気持ちが悪いし、怖い。

でも、結婚したらそれ以上の触れ合いをしないといけないのはわかっている。

そうしないと子供だってできないのだから……。

あの人と、子供……む、無理……。

だって腕をさすられただけでも気持ちが悪いのに。

キスも……嫌だ。

しかも母にも興味を示すなんて。

どうしよう……全部覚悟していたことなのに、嫌で仕方ない。

コツン。

考え込んでいると窓ガラスを叩く音がした。バルコニーにルークが立っている。

「ルーク、こっちからくるのは危ないって言ったじゃない」

「今別館の表の扉は父さんのお気に入りのメイドが見張っているんだよ」

「サラが？　……私が逃げないようにってことね」

「恐らくそうだろうね」

「はあ……」

「それより、大丈夫？　その……酷く震えていたから」

「う、ん」

私のことを心配してきてくれてたんだ……平気、と続けたかったのに言えなかった。

思い出すとやはり怖い。

「……僕は抱きしめても大丈夫？」

「ふふ、ルークは平気に決まっているじゃない」

心配そうにルークが聞くので私から近づいてルークに抱き着いた。

でも、懐かしく感じると思っていたその温《ぬく》もりは、久しぶりに触れるとごつごつしていた。

筋肉のついたしっかりした体に知らない人に抱き着いた気分になる。

ルークなのに。

クンクンと匂いを嗅ぐと柑橘系《かんきつけい》のルークの匂いがする。

でも体つきはとても大人で……。

見上げればルークの唇が目に入った。そう言えば、軽く唇同士が当たってしまったのだった。

ルークとは……抱きしめるのも、キスも平気なのに。

自覚すると恥ずかしくなって、背中に回していた手を動かしてしまった。

「くすぐったいよ、リペア」

「ご、ごめんなさい」

「このくらいは平気？」

今度はルークが抱き着く私の背中に腕を回す。怖くないか確かめてくれているのだろう。

「平気」

「では、これは？」

私を包み込むように抱きしめたルークが近い。

お互い抱きしめ合う形になって、ルークの心臓の音が聞こえた。

「……平気だけど」

ドキドキしてしまう。

これは、ちょっと、なんていうかまずい気がする。

「あのね、来週、伯爵夫妻がこの屋敷を二日間留守にするんだ」

「お母様たちが？」

「僕が全て準備するから、その間に屋敷を出て逃げよう」

「え？」

「少し調べただけでもボヤージェ辺境伯はスキャンダルだらけなんだ。リペアが嫁いで幸せになれるわけがない。それに、そんなの僕が許さない」

「逃がしてくれるってことなの？　結婚から？」

「そうだよ。父さんは秘密裏に辺境伯と取引をしてリペアを奴《やつ》に売ったんだ」

「お金をもらっているってこと？」

「もらう、とはちょっと違うけど、父さんが投資話を持ち掛けて、それに辺境伯がお金を出したのは確かだよ。リペアは元金が戻らないときの担保ってところかな」

「でも、私が逃げたらお母様はどうなるの？」

「それはもう話はついているから、リペアは気にしなくていい。大丈夫、母さんも安全な場所に行くから」

「ルークも困らない？」

「僕も困らない。だから、逃げよう」

「わかった」

「じゃあ、大事なものだけ鞄《かばん》に詰めていつでも逃げれるように用意しておいて」

「ありがとう」

ルークにお礼を言ってそろそろと体を離すと顔を見られないように下をむいた。

幾度となくお遊びも含めてルークを抱きしめたことはあるのに。

酷く、その、男の人を感じてしまった。

きっとドキドキして顔も赤いし、ルークに気づかれたくない。

「リペア、大丈夫？」

「うん……」

ちゅっ……

「これも大丈夫？」

「へっ……」

おでこにキスされて、ルークに赤くなった顔を隠すことはできなかった。

「じゃあ、来週まで周りに気づかれないように平気なふりして。それまでは会えないけど準備をして待ってて」

「う、うん……」

ルークはそう言ってバルコニーから下りて行った。

なに、なにが起きたの？

おでこに……ルークが。

胸がドキドキして耳が熱い。

ルークのキスで辺境伯にされた不快なこともすべてどこかに吹っ飛んでしまった……。

顔が熱くて湯気がでそう。抱きしめ合った温もりを思い出して悶《もだ》える。

あんなに辺境伯への嫌悪でいっぱいだったのに、今はルークのことで頭がいっぱいになる。

ルークのことを考えると胸が苦しい。

あれ？

私、ルークのことが……好きなの？

あんなにカーミラが羨ましかったのも、ルークのお母様の遺品の指輪を渡すことを寂しく感じたのも、ルークを恋愛対象として好きだったから？

優しくて。

カッコよくて。

そこまで考えてベッドに突っ伏して枕を抱き込んだ。

どうしよう、改めて思い浮かべたら、好きだ。

自覚するととてつもなく恥ずかしくて足をバタバタしてしまった。

……ルークはずっと弟だったのに。

軽く触れた唇や。

抱きしめられた心地よさ。

さっきの額《ひたい》のキス……。

全部、全部ルークだからドキドキして……嬉しかったんだ。

ルークは私のことをどう思っているのだろう。もちろん家族として大事にしているのはお互い様だけど……。

嫌われているはずはないのはわかってる。

だって、嫌いだったら、抱きしめたり、き、キスしたり、逃げるのを手伝ってくれたりしない。

でも、姉だと思っていた私の想《おも》いが家族の枠を超えてしまったら負担になるに違いない。

ただでさえ危険を冒して私を逃がそうとしてくれている時にこんなふうに想いを募らせるなんて不謹慎だ。

なるべく気持ちを押えようと頑張ってみたものの、それから困ったことに朝も昼も晩もふと気が付けばルークのことを考えてしまうようになった。

そのせいで自分がコントロールできなくて、部屋の中でつまずいたり、物を倒したりしてしまった。


そうこうしているうちに伯爵夫婦が出かける日がきた。

いよいよ私がこの屋敷から逃げる日がやってきたのだ。

「今度こそルークに渡さないと」

形見の指輪を取り出すために宝箱を開ける。これをルークに返して、逃げる手配をしてくれたお礼を言って、綺麗さっぱりこの屋敷からいなくなろう。

あれからずっと考えないようにしても無理だった。

私はルークが好きで、それは揺るがないものだ。

「あ……」

指輪をくるんだ布を持ち上げると、隣できらりと光るものが見えた。

「お母様から譲り受けた魔法のペンダント……」

『人生の岐路に立った時、一度だけその選択をやり直すことができる』

私はギュッとペンダントを握った。時戻りが使えるなら逃亡に失敗したとしても時間を戻せる。

しかもきっと時戻りした二回目はうまく障害を避けることができるだろう。

逃げる前に魔法陣を描くべきだ。

——……もう一つ使い方があると思う
ふいに母が言っていたことを思い出した。確か実父に告白するときに使ったと言っていた。

これを使えば私もルークに告白できる。

そう気づけば、落ち着かない気分になった。

逃亡前に魔法陣をかいて、ルークに告白する。どのみちそれはなかったことにできるのだ。

心残りがないように、ルークに愛の告白をした方が前を向いて頑張れるに違いない。

それがいい。

そうして私は時戻りをすることを前提に、ルークに愛の告白をすることにした。


朝早くから伯爵夫妻が出かけて行ったのを見届けて、私は普段通りの動きをした。

伯爵の残して行ったメイドのサラは相変わらず私を監視している。

私に逃げられたら出資金を返さないといけないのだから、気が気じゃないのだろう。

昼食を終えて部屋に籠ると案の定、部屋の前でサラが椅子を置いて陣取っていた。

伯爵は相当警戒しているようだ。

「リペア、こっち」

バルコニーから侵入したルークが私の荷物の入ったカバンを持ってくれる。バルコニーの手すりには簡単な縄の梯子《はしご》がかかっていて、揺れるそれをルークに支えてもらいながら下りた。

「まずはこれを履いて。サイズは母さんと同じだよね」

地面に着くとルークがブーツを差し出した。

言われるがまま足を入れるとルークが屈《かが》んで紐《ひも》を結んでくれた。

靴のことなど頭になかった私に、なにからなにまで至れりつくせりだ。

そのまま急ぎ足で庭を抜けると裏口から屋敷を出た。

「馬車は足がつくし、目立つから使えないんだ。歩くことになるけど大丈夫かな？」

「うん。それより荷物を持ってもらっていいの？」

「リペアに荷物なんて持たせないさ。辛くなったらおぶってあげるからすぐ言ってね」

笑ってルークが私のカバンを持ってくれた。

なにも考えずに鞄にたくさん詰めて重くなっていたのが申し訳なかったけれど、思っていたより街まで歩くのは遠いようなので助かる。

「逃亡中に不謹慎だけど、なんだかワクワクしてる」

「ハハ、実は僕もだよ」

「あの、逃亡先って、ルークが決めてくれたんだよね？　どこなの？」

「宿についたら地図を見ながら説明するよ。今は歩くことに集中しよう」

差し出された手を迷いなく取って手を繋いだ。

いつだってこの手に励まされてきた。

好きだよ、ルーク。

今はこの温もりを独り占めしたい。


それから休憩を挟みながら街を目指して歩いて、到着したのは夕方だった。

もうその頃にはしゃべる気力もなかった。

こんなに長時間歩くのは初めてで、話をしながらなんて私には到底無理。

何度もおぶると言い出したルークを断るのも一苦労だった。

「とりあえず、なにか食べよう」

「うん」

久しぶりに見る街並みは本や新聞とは違って、土埃《つちぼこり》の匂いがした。

レンガを積み上げた建物。様々なものを売る商店。

たくさんの人々が生活していて、みんな他人に興味のないような顔をして歩いている。

「僕の側を離れないで」

フラフラしているとルークが手を引いてくれた。

心配するルークには悪いけれど、堂々と手を繋げるのが嬉しかった。

「ここでいいかな？　なにか食べよう」

そう聞かれても右も左もわからない私は頷《うなず》くだけだ。

食堂に入って丸いテーブルに座ると立てかけてあった厚紙をルークが私に見せてくれた。

「メニュー表だよ。どれがいい？」

そこには色々な料理の名前が書かれていたけれど、どんな料理か見当もつかなくて選べない。

真ん中に大きく『本日のおすすめ』と書かれていたものがあったのでそれにした。

「本日のおすすめと、ステーキプレートです」

給仕が持ってきてくれたのはアツアツの料理だった。湯気が出ていて美味《おい》しそうだ。

「わあ……」

「リペアのおすすめプレートすごいボリュームだね」

私のプレートには揚げ物や鶏肉《とりにく》や、ポテトなどが山のように盛り付けられていた。

「こ、これ……一人前？」

この量を一人で食べられるとは思えない。

「手伝ってあげるから、リペアは食べられるだけ食べて」

「う、うん」

私がまだ三分の一も食べていない間に目の前のルークは食べ終わっていた。

「もしかしてもうお腹《なか》いっぱい？」

「う……も、もうちょっと食べられる」

「手伝ってあげようか？」

「い、いいの？」

「あーん……」

「え、あ、あーん？？」

このやり取り、昔したことがある。小さい頃のルークは食が細くて、私がルークに『もっと食べなきゃダメ』と言ってあーんして食べさせていた。

フォークで刺した鶏肉を差し出すとぱくりとルークが食べた。

「まるで昔みたいね」

子供みたいなことをするルークに言うと彼は口を尖らせた。

「失礼な。あの時と違って、僕はリペアを手伝ってあげているんだよ」

「そうね」

クスクスと笑ってルークに食べてもらってなんとかお皿を綺麗にすることができた。

お腹いっぱいで幸せだ。

「美味しかった。ルークと食べられて嬉しい」

「うん」

ルークと同じテーブルでご飯を食べるなんていつぶりだったろうか。

そう思うと胸がいっぱいになった。

食事を摂って足を休めると気分も体も元気になる。

食堂を出て自然に手を繋ぐと足取りは軽かった。

「今日はこの宿に泊まるよ。明日の朝は馬車を手配しているから」

「うん」

宿に着いたと聞いて、楽しかった気分が急に落ち込んだ。

ここまでルークが全て用意してくれていて私は付いて行くだけだった。

この宿でルークとはお別れになるのだろう。

寂しいけれど感謝しかない。

行く先はルークに任せた。母と相談して決めると言ってくれていたし、屋敷から出られない私には調べられない。きっと母とルークが選んだ場所なら大丈夫だろう。

見渡すと街からは様々な目的地の辻馬車《つじばしゃ》も出ているようだ。

市井での生活には不安がいっぱいだ。でも贅沢はしない方だし、少しは蓄えも持ってきたから、仕事が決まるまでは生活できるだろう。

刺繍を刺すくらいしか特技がないけれどやっていけるかな。

一応、そういう仕事がいいと相談しておいたけど、母もルークも笑うばかりで……。

いや、でもなんとかするしかない。

辺境伯のところに嫁いで、一生我慢して暮らすくらいなら、きっと頑張れるはずだ。

「すみません、一泊で予約した者ですが……」

スムーズに手続きをするルークに感心する。

こうやって宿を取ることも、なにもかも私にとっては未知の世界だ。

ルークがいなかったら私は何もできなかっただろう。

自分ではできる限り下調べしたつもりだったが、新聞と読み古した本だけでは外の世界の情報など知る由もなかった。

頼もしいな……。いつからこんなに頼もしかったのだろう。

ルークの背中を眺めながら、私はぼんやりとそんなことを考えてしまう。

「さ、中に入って」

ルークが持っていてくれた私の鞄を部屋の中においた。

本邸の母の部屋よりは小さい造りの部屋だった。

取ってくれた部屋は一つ……部屋の中にもベッドは一つしかなかった。その事実にがっかりした。

やっぱりここでルークとはお別れだ。そう思うと辛い。

ここからは一人で、もう会えなくなってしまうかもしれない。

「リペア、緊張してるの？　大丈夫だよ。見張りのメイドには睡眠薬を盛ったから、僕たちがいなくなるのを気づくのは明日の昼くらいじゃないかな」

「う、うん……」

「あんなに歩いて疲れたでしょう？　明日からは馬車で移動するから歩くことはないよ」

「なにからなにまで、ありがとう」

「足は大丈夫？」

「ブーツを用意してくれたから何ともないよ」

「部屋では楽な靴がいいな。ルームシューズがあるかちょっと聞いてくるよ。待ってて」

私の返事も聞かずにルークは出て行ってしまった。

ちょうどいい、今のうちに魔法陣を描いておこう。

見つからない場所がいいと、私はベッド脇の床に魔法陣を描いた。難しいものではなく、ペンダントの裏にある模様を描き写せばいいだけだ。

教えられた呪文をちいさく唱えながらペンダントで床をなぞるとその先が光り始めてその模様を浮かび上がらせた。まるでインクのついたペンのように描ける。

失敗しても二、三時間くらいは消えないので描き直せると教えてもらっている。

これで、ルークに告白すれば……

魔法陣を描き終えた時、ガチャリとルークが部屋に入ってきて、狼狽《うろた》えてしまった。

「ごめんね、ルームシューズは置いてないって……どうしたの？」

「な、なにもっ」

上着を脱いでフックに引っ掛けながらルークが不思議そうに私を見た。

そんな姿もドキリとして愛《いと》おしく感じる。

告白……しなきゃ。

小さい頃から大切にしてきた私の宝物のような男の子。

成長と共に愛している気持ちも大人になったのかもしれない。

どうしようドキドキしてきた。

今告白しないと意味がない。そう思うほどに私の緊張はピークになる。

手も震えていたが、唇も震えていた。

「あのね、ルーク、私……あなたのこと愛してるの」

「え？」

唐突な告白にルークが目をまるくした。

私も自分の口から急に出た言葉に慌ててしまう。

うわ……どうしよう。

本当は今後の予定を確認してから、感謝の言葉をたくさん言ってから告白するつもりだったのに。

もう、自分のポンコツ具合に情けなくなる。

「ええと、その……」

ルークの顔を見たら、もう、どんな言葉も浮かばなくなってしまった。

面と向かって言葉にすると感情が溢《あふ》れてしまって涙がポロリとこぼれてしまう。

胸が苦しくて声が出しにくい……でも、最後まで言わないと。

「家族とは違う、弟としてでなく、恋愛対象として愛してるの」

ルークは突然の私の告白にポカンとした顔をしていた。

当たり前よね、姉だと思っていた人から告白なんて。

もう顔を見ていられなくて、下を向くとルークの足が魔法陣の端にのっているのが見えた。

見つからないように部屋の隅に描いたのに、その上に上着をかけるフックがあるのに気づかなかった。

あれ？　そもそもどうして屋敷に戻るルークが上着をかける必要があるの？

――いや、今はそんなこと気にしている場合じゃないや。

このままじゃまずい。消えないようにルークを移動させないと。

そう思って軽く腕を引っ張ると、ルークは倒れ込むようにそのまま私を抱きしめた。

「僕も、愛してる。ずっと昔から、リペアだけをずっと」

「えっ？　ずっと？」

私は何が起きたのかわからなくて、ルークの腕の中で動けない。

もしかして、私はルークに愛していると告白されたの？

「僕もリペアのことをちゃんと女性として愛してる。ああ、リペアから告白されるなんて思ってもみなかった。どうしよう、嬉しい」

「う、うん……」

「夢みたいだ。どこか、最近リペアには壁を作られている気がしてたから」

「それは……ルークを意識しすぎてしまって……」

「リペアは鈍いから、気長に待つしかないって思ってたんだ」

「に、鈍い？」

「僕は小さなころからずっとリペアと結婚したかったし、愛してたよ。正直『姉さん』とは思ってなかった」

「そう、だったの？」

「リペアしかいらないんだ。愛してる」

「私も……愛してるよ、ルーク」

「僕と結婚してくれるよね？」

「えっ？」

真剣なルークの瞳と視線が交わる。

ルークと結婚……もちろんできたら嬉しいけれど。

急なことに答えを考えあぐねているとルークの顔がすぐそこに近づいていた。

「リペアを誰にも取られたくない」

「ん……」

ルークの唇が私のそれに重なった。

以前のような事故やはずみではない。キス……。

今私たちは愛を告白し合ったのだ。……急に実感が湧いてきて気持ちが昂《たかぶ》る。

「愛してる、リペア」

「私も……愛してるわ、ルーク」

ルークとキスをすると頭の中がフワフワした。

どんどんと愛おしいという感情が溢れてきて、堪《たま》らなく幸せになる。

ルークも同じように思ってくれている。

両思いだったんだ……。

そう思うと嬉しくて、胸が締め付けられる。

求められるように、自分も求めたくて角度を変えて入ってくるルークの舌を受け入れた。

クチャクチャと唾液がかき混ぜられるように合わさって、溶け込んでいく。

脳天がしびれて、ルークのことが愛しいとしか考えられなかった。

だんだんと力が抜けて立っていられなくなると、ルークが私の膝裏に腕を入れて持ち上げてベッドに運んでくれた。

そっとベッドの上に下ろされて、一息つくと、今度はルークが私の上にのり上げてきた。

「ルーク……？」

「自分が今どんな顔をしているかわかる？　僕のこと、欲しがってる顔だ」

そう言ったルークも私を蕩《とろ》けた表情で見ていた。

そうしてすぐに引き寄せられるようにまたキスが始まって、私のドレスのボタンにルークの指がかかった。

キスで朦朧《もうろう》としている間にプツン、プツンと胸のボタンが外されていく。

緩んだドレスを肩から下ろしてルークが素肌にキスをした。

くすぐったくて体がぴくりと反応する。

そうこうしていると服の上から私の胸のふくらみを堪能していたルークの手が止まった。

「……リペア、ドレスの脱がせ方がわからない。ここからどうしたらいい？」

その言葉に体を起こしてルークを眺めた。

ここで、ルークを止めたら、彼はきっと無理強いはしないだろう。

結婚していないのに、こんなことしていいのだろうか。

でも、愛してるし、こんなことをするのはルークだけがいい。

決心して黙ってドレスを脱ぎ始めると、ルークも自分の服を脱いだ。

「あのね、その、湯あみをしてきてもいい？　ここまでくるのにずいぶん歩いて汗をかいていて……恥ずかしいから」

「あ、う、うん。それじゃあ、湯あみをしてから」

下着姿でルークに言うと彼も了承してくれた。

初めてなのだから、体を綺麗にしてからがいい。

待たせておくのもどうかと思って、すばやくバスルームで体を洗うともう一度下着をつけて部屋に戻った。

ルークも体を洗うと言うので、私はベッドの中でシーツに包《くる》まって彼が出てくるのを待った。

どうしよう、こんなことになるなんて考えてなかった。

でも、時間を戻す魔法陣はもう描いてある。

ルークと関係を持っても、なかったことにできる――この先ルーク以上に好きになる人はいない。

これからなにが起こるかもわからないし、初めては大好きなルークとしたい。

「リペア……お待たせ」

シーツでぐるぐる巻きになった私をルークが腕の中に閉じ込める。

「えっ！　どうして裸なの！」

シーツから顔をだすとルークは腰にタオルを巻いているだけだった。

少し水滴の残る体は思っていたより鍛えられていて、筋肉質だ。

や、ちょっと、そんな……いきなり裸って。

「どうしてって、どうせすぐ脱ぐならいらないかなって。リペアは裸じゃないの？」

「まって、引っ張らないで」

「さっきまで大胆に下着姿を見せてくれたのに」

「は、恥ずかしいから」

「僕だけのリペア……綺麗だよ」

「う、うん……」

シーツをはぎ取られるとルークが覆《おお》いかぶさってくる。

またキスが始まって、それはどんどんと激しくなっていった。

「んはっ……んっ」

空気を吸い込もうと口を開けると、ルークの舌が侵入して口内で暴れ回った。

どちらの唾液かわからないものを飲み込んで、ハアハアと息を切らした。

「白い……綺麗な肌……見せてくれるよね」

ルークが肩紐《かたひも》に手をかけて胸当てを腰元に下ろすと、胸が揺れながら外気にさらされた。それを食い入るようにルークが見てくる。

「ハア……想像してたよりずっと綺麗だ」

「恥ずかしいよ……」

「触っていい？」

「……いいよ」

「柔らかい」

「ん……っ」

優しく胸を掴むルークの指が乳首に当たると声が漏れた。

「気持ちいいの？」

「わからないけど、ムズムズする。はうっ」

答えると集中的にそこを刺激されて、体の奥から焦れるような感覚が広がっていく。

「乳首が立ち上がって……硬くなってきた」

観察するようにルークがコリコリと乳首を指でいじってくる。

そうされると下腹がきゅうっと締まってくるのがわかった。

「ル、ルーク！」

パクリ、とルークが乳首を口の中に引き込んで、吸い上げたり、舌でつついたり、軽く噛んでくる。

未知なる感覚にルークを引き離そうとしても腕には大して力は入らなかった。

「リペア…可愛い」

「す、吸い上げないで、あ、あぅっ、あああん、んっ」

じゅうっと吸い上げられるともう、何も考えられない。

そうしている間にルークの指は私の下穿《したば》きに侵入していた。

さわさわと毛をくすぐってから指が秘められた場所にたどり着く。

「触るね」

なにを、とは聞けない。きゅっと目をつぶって頷くとルークの指が割れ目を擦った。

「ふあっ……」

入り口を探る指が行き交う度に体の中からなにかが溢れてくる。

それがルークの指を濡《ぬ》らしていくのがわかった。

「指を入れるよ?」

「ゆ、ゆび……い、入れるって……嘘《うそ》」

ちゃぷ……

ルークの指が差し込まれる。

私の体の中に入ったルークの指に違和感があって、きゅっと力が入ってしまう。

「狭くてきついね……指を締め付けてくる。でも暖かくて、ヌルヌルしてて……興奮する」

「は、恥ずかしいから……」

ゆっくりとルークが指を動かすとチャプチャプと水音がする。

しつこくそこを指で刺激されるとさらに水音が大きくなった。

「蜜が溢れてきた……気持ちいい？」

「わ、わかんない」

「気持ちよくしたい」

「え？」

そう言ったルークは後ろに下がって私の足を割り開いた。

まともに秘所がルークの目にさらされて、もう、どうしていいかわからないくらい恥ずかしかった。

「中はピンクだね。ここかな……リペア、どう？」

「ルーク、ヤダ、恥ずかしいから、そんなに見ないで。あ、ん、んむ、くうっ」

ヒダを広げていた指が入り口をきゅっと擦った。

未知の感覚に内ももでルークの手をぎゅっと挟んでしまう。

「痛かった？　ごめん、強すぎたね。優しくするから」

強い刺激に涙目になっていると、今度はルークが指でそこをきゅっと押してきた。

「こうすると中から赤い粒が出てくる……」

興奮した表情でルークが顔を近づけて、舌を出している。

まさか。そんなところを舐《な》めるなんてこと……。

「やああんっ」

「ここ、感じるんだ……」

「ダメ、ルークッ……ハア、ハア……」

ペロペロとルークの舌は止まりそうになく、刺激に声を上げてしまう。

びくびくと体が反応するたびにルークの舌使いが激しくなった。

だんだんと内ももの感覚がしびれたようになって、ますます声を上げてしまう。

「ひぅっ、あ、ああっ、んん、んんんっ」

ちゃぷ、ちゃぷ、ちゃぷ、ちゃぷ……。

いつの間にか指も差し入れられ、内肉を指の腹でひっかくように動かされていた。

水音はいっそう激しくなり、私は中と外の刺激に翻弄されて甘えたような声を口に出すだけだった。

「気持ち、いいね。ハア……今リペアの中に僕の指が三本入ってる。中を擦って、外の粒も舌で可愛がってあげるね」

「いっ、あっ、ル、ルーク！　なにか、きちゃうっ」

「リペア、可愛い。いいよ、絶頂に達して。イクって、言って」

「イクッ、イッちゃう！　や、やあああっ」

ルークに翻弄されて、脳天に何かが駆け上がって抜けていくような体験をした。

これが、快感なの……。いいようのない本能的な快楽。

くたりとその余韻に身をゆだねているとルークが起き上がってきた。

脱力しながら見上げるルークは酷く悩ましい。

美しい顔は上気していて、頬はバラ色に染まり、先ほどまで私の秘所を舐め上げていた唇が艶《なま》めかしく赤くなっていた。

「リペア、繋がりたい」

そんな風に言われて断るなんてできない。

「うん……私も。大好きだよ、ルーク」

ぐ、とルークが私に潜りこもうとすると、力が入って上手くいかない。

指が入ったのだからきっとルークも受け入れられるはず……。

「リペア、力を抜いて」

フーッと息を吐いてみても、力が入ってしまうようだった。

ルークを受け入れたいのに。

「ごめんなさい、ルーク、上手く力が抜けないの……」

「キス、しようか」

そんな私に提案してルークがキスをしてくれる。

それからまた挑戦してみたが上手く入らなかった。

「後ろから、試してみていい？」

「後ろ？」

「うん。四《よ》つん這《ば》いになって」

「は、恥ずかしいよ」

でも結局は乞われるままベッドの上で裸で四つん這いになる。

「もう少し腰を上げて」

そのままお尻を高く上げさせられる。

ルークに秘所が丸見えになっていると思うと、死ぬほど恥ずかしい。

もう、どうにでもなって、と枕に顔をうずめているとルークがぬるりと背中に舌を這《は》わせてきた。

「白く滑らかな背中も綺麗だ……柔らかい胸も、ピンクの乳首も可愛い」

「ふう……うう」

キュッと乳首を摘ままれて体がびくびくとしなる。

「ごめんね、痛いだろうけれど、もう僕も限界だ」

ここまでして、入れてくれないと困る！

コクコクと頭を動かして頷くと、ルークの両手が私の腰を軽く掴んだ。

「ん、んん、んんんーっ‼」

ず、とルークが腰を進めてくると、広げられながら奥に進んで行くのが分かる。

覚悟していたより痛い……かも。

「ああ、リペア、僕の……っ」

「ん、んんんんんーっ‼」

とうとうズドン、と奥まで到達したルークの分身が私の中に納まる。

これでルークと繋がることができた……。

「リペア、入ったよ」

ああ、頑張った、とようやく体の力が抜けた。圧迫感はあるけれど、我慢できるくらいの痛みに変わった。するとルークが腰をぐりぐりと押し付けてきた。

「リペアの小さな体が僕を一生懸命、受け入れてる」

高揚したルークの声が聞こえて、お尻を左右に広げられる。

繋がっているところをまともに見られていると思うと恥ずかしくて堪らない。

「広げちゃダメ……」

「うん、可愛くてつい……ごめんね」

お尻から手を離したルークは己を私に沈めたまま、私を包むように後ろから覆いかぶさる。

「リペアのエッチな顔も見たい」

耳元で囁《ささや》いて、ルークは枕から私の顔を優しく持ち上げた。

唇に当たったルークの指が徐々に口に入ってくると私の舌をくすぐった。

「ルーク……」

「うん。こうして繋がってるのは僕だよ。リペア、愛してる」

「きゃっ」

ズン、とルークが私の中で暴れ出した。

そのまま、出し入れし始めたルークに体が揺らされる。

「ぐ、き、気持ちいい……」

「はああんっ」

パンパンと腰を打ち付けられて、揺れる胸を時折後ろから揉《も》みしだかれた。

「リペア、イクッ、ああっ」

私の腰に置いていたルークの手に力が入って、ちゅぽんと入っていたものが出ていく。

それと同時にお尻に温かいものをビュ、ビュッとかけられた。

「リペアの中に出すのは結婚してからにするよ」

そう言われてそれがルークの精子だと気づいて猛烈に恥ずかしかった。

ルークは気持ちがよかったって……ことよね？

それから彼は立ち上がって私のお尻と、大事なところを丁寧に拭った。

「血だ……」

シーツに染みた薄い血を見てルークが言う。

初めてのときは血が出ると聞いたが、本当に出たようだ。

情けない顔になったルークが心配そうに私の頬を手で包んだ。

「リペア、痛い？」

「ううん……思っていたよりは平気」

「ごめんね。リペアを傷つけたのに、嬉しい」

「私もルークと一つになれて……嬉しいから」

「少し、眠って、リペア」

優しくルークに頭を撫でられて、疲れからかとろとろと眠くなってくる。

そうして少しだけ私は意識を手放した。

「ん……」

薄目を開けるとルークの後ろ姿が見えた。手元をランプで照らして、ルークは何かしているようだ。ぼーっとそれを眺めていると、振り向いたルークは私が目を覚ましたのに気づいた。

「起こしてしまった？」

「ううん……」

ベッドに戻ってきたルークは自然な動作で私にキスをした。

「リペアと結ばれたなんて夢みたいだ」

「私も」

ちゅっ……とルークが顔じゅうにキスをする。

「も、恥ずかしいから……ルーク……」

「リペア、あの……顔を見ながらしたい」

「え……んっ、んんんんっつ」

ベッドに乗り上げてきたルークがシーツの中に潜り込んでくる。ガウンを脱いで裸になったルークは私の上にのり上げて、キスをしながら胸をいじった。

先ほどまでルークを受け入れていた場所はまだしっとりと濡れていて、すんなりと二度目の侵入を許した。

でもやっぱりまだ少し痛い。あ、でも……。

「ルークは気持ちいい？」

「包まれると暖かくて……とても気持ちいいよ。リペアにも気持ちよくなってもらいたい。ここは痛くないよね……」

ルークがそっと私の入り口にある敏感な粒に触れる。

クニクニと刺激されると、快感が甦《よみがえ》ってきた。

「ル、ルーク」

「うん、蜜が溢れてきた。気持ちいいことに集中して」

「ふうん……」

蜜を纏わせた指が敏感な粒をくりくりと擦る。

一気に快感が頭の中を支配してくるけれど、まだ慣れないそこは限界に広げられている。

「ちょっと痛い………」

「こっちはどう？」

緩く胸を掴まれてペロリと乳首を舐められた。そこはとても敏感になっている。

でも、それ以上にルークの唇が私の乳首を咥《くわ》えているのが視界に入って、どうしようもなく興奮してしまう。

そこには優しい弟ではなく、私に欲情している男の人がいた。

ルークは奥深くに潜り込み、様子を窺いながら私を情欲で支配してくる。

「ハッ……ん」

だんだんと痛みが薄れて、快感に変わっていく。私の様子を見てゆるゆると腰を動かしていたルークの動きが早くなった。

「リペア……僕の……っ」

必死に体を繋ぐルークが愛おしくて仕方がない。やがてまた精を吐き出したルークと熱いキスを交わすと、やっと一息ついた。

「リペア、大丈夫？」

「慣れなくて……少し痛かったけど、その、最後は気持ち、よかったから……」

後ろからぴったりと抱きしめてくるルークの体を熱く感じながら、シーツの冷たさが心地よかった。

「僕も……最高に気持ちよかった……」

「うん……」

それならよかった。

そう言ってもらえると頑張った甲斐《かい》がある。

少し眠ってもいいかな、と聞こうと思ったらルークがちゅっと肩にキスをしてきた。

「くすぐったいよ」

身をよじるとお尻に硬いものを感じてしまった。……え。ま、まさか？

「リペア、もう一度だけ……」

「あの、ルーク、私……ひゃっ、入れちゃダメっ、あああんっ」

「ごめんね、これで最後にするから……」

さすがにもう痛いから許してと言いたい。

けれどすぐにまた私の中に入ってきたルークがゆっくりと腰をラウンドさせた。

「ああ、あん」

「愛してるよ」

愛を刻み付けるようにルークが激しく腰を揺らし始める。

暴走しだしたルークを止める術はなく、翻弄されるまま抱かれて、私は気を失うように眠った。

＊＊＊

次の朝、目を覚ますと私はルークの腕の中にいた。

ど、ど、どうしよう……私、ルークと……しちゃった。

がっつり、いい逃れができないくらい求めあって、愛を交わした。

告白して、それから時戻りするつもりだったのに。ルークが、私を愛しているって言って……。

朝の日の光に照らされたルークの顔はいつもより輝いて見える。こんな人にたくさん愛されたなんて、信じられない。

昨日のアレコレが……。なんどもされたアレコレが！

でも、これからどうしたらいいのだろう。私はこのまま屋敷には戻れないし。それに、こんなことがリンドバーグ伯爵にバレたら……。

よ、よし、時戻りを使おう。

一旦落ち着くのだ。今がそのときだ。

告白や、あんなこともこんなことも無かったことにできる。

とにかく、服を着ないと。だって、ルークがダメだっていうのに、何回も求めてくるから下着を身に着ける暇もなかった。

そっとルークの腕から抜け出そうとするとギュッと抱き込まれてしまった。

「ルーク、起きたの？」

「おはよう、リペア」

チュッ、とおでこにキスされて、慌てていると頬にもキスされる。

そのまま顔じゅうにキスされてから唇にたどりついた。

「ん、んんーっ、ハア……」

「リペア、エッチな声を出さないでよ。またしたくなるから」

なにこの色気のある顔……エッチな顔をしてるのはルークの方だから！

「ダメッ、それに、ルークは屋敷に戻らないと」

「え？　どうして僕だけ戻るの？」

「私はこのまま逃げるけど、ルークは屋敷に戻るでしょ？」

「一緒に屋敷を出たんだよ？」

「え？」

「逃げる道すがら口説こうと思っていたけど、リペアが同じ気持ちで嬉しいよ。これならただの逃亡じゃなくて立派な『駆け落ち』だね」

「か、駆け落ち？」

「この宿だって最初から一緒に泊まるつもりだったし、ほら、僕の荷物も用意してある」

見ると部屋の壁際に私の鞄の横に見慣れない鞄が置かれていた。

もしかして、ルークの荷物は宿に預けてあったの？

よく考えたらこのベッドだってダブルベッドだ……。

もしかして、部屋が一つだったのは……。

「初めから、ルークは私と逃げるつもりだったってこと？」

「そうだよ。当たり前でしょ。まさか一人で逃げるつもりだったの？」

「……」

「さあ、用意した馬車ももうすぐ宿に着く時間だから急いで着替えよう。それとも待たせて、もう一度だけ愛し合う？　僕はそれでもいいよ」

「す、すぐに着替える！」

抱き着いてこようとするルークを突っぱねてドレスを着こんだ。

私の焦る姿に笑いながらルークも着替えた。もう、その肉体美も晒《さら》さないで。

一緒に駆け落ちするだなんて思ってもみなかった……。

けれど、大丈夫。

いざとなったら昨日のことからなしにできる。私には時戻りの魔法がある。

「リペア、準備はいい？」

「あ、はい！」

部屋の床の隅に描いていた魔法陣はもう消えていた。

確か魔法陣が消えて代わりに戻れる期間中、ペンダントトップがずっと光を保っていると聞いた。

私は鞄の一番上に置いていた宝石箱からペンダントを引っ張り出して確認した。

ちゃんと、緑の宝石が光っている……魔法は成功しているのだ。

私を見て嬉しそうにしているルークを眺めて、もう少しだけ一緒に居たいと欲張ってしまう。

魔法の効力がある六十日まではいつでも戻れるのだから、しばらくルークと一緒にいても大丈夫だろう。

思いがけず両思いになって、他のことは忘れて、もう少しだけこの幸せに浸りたい。

「さあ、今日中に国境を越えるから」

「外国へ行くの？」

「そうだよ。アカデミーのときの親友のつてを借りたんだ。リペアの分の身分証明書も通行書も発行してある。向こうで住むところと仕事も手配してあるからリペアは安心して付いてきてくれたらいい。

時間が無いから地図は後で見せるよ」

「あの……そ、そうなんだ」

屋敷を逃げ出すだけの手配をしてくれていたと思っていたのに、綿密に計画されていたようで面食らってしまう。ルークは本気で初めから私と屋敷から逃げるつもりだったんだ。

宿を出て頼んでいたという馬車に乗り込んで国境を目指す。

「どこに向かっているの？」

「ダイズレイド国だよ。砂漠の向こうにある国だけど友好的で楽しいところだと聞いてる。きっとリペアも気に入ると思う。けれど……」

「けれど？」

「ちょっと言葉が共通語だけでは生活は厳しい。だから、会話が難しいと思う。気休めかもしれないけれど、僕が使っていた教科書を渡すよ。簡単な会話だけでも覚えておいたら役に立つと思う」

「ルークは言葉が使えるの？」

「僕は五カ国ほど使えるから。また今度詳しく話すけど、貿易の仕事を手伝っているんだ」

ルークから使い込まれた教科書を預かって、中を確認する。

これは……ちょっと努力のいりそうな言語だ。

それから昨夜の疲れが出たのか二人でうたた寝しながら馬車に揺られ、お尻が痛くなった頃に馬車が止まった。

窓から覗くとどこかの古い教会の前のようだ。ルークは御者にしばらく待っているようにチップを渡して、私に降りるように促した。

ずっと座っていたから体を伸ばせることができてありがたい。

「ここで休憩するの？」

「もう僕たちが屋敷を抜け出したことはバレているだろうから、休憩する時間はないんだ」

「じゃあ、どうして？」

「リペア、僕たちだけで簡単な結婚式をあげよう」

そんなことを言うルークに手を引かれて教会の中へと二人で足を踏み入れた。

教会は豪華なステンドガラスがあるわけでもなく、こじんまりとした作りだ。奥にパイプオルガンがあって、隣に神様の像が置かれている。

「すみません、祝福を与えて頂けないでしょうか」

ルークが声を上げると奥から神父が顔を覗かせて、ああ、と納得したように頷いた。それからすぐに教本を持って私たちに講壇の前までくるように手招きしてきた。

「病めるときも健やかなるときも、富めるときも貧しい時も互いを慈しみ、愛することを誓いますか？」

「誓います！」

力強く答えるルークに驚いていると、肘でつつかれてしまった。

これは、返事をしないといけないのだろう。

「……誓います」

「では神の前で誓ったお二人を夫婦と認めます」

神父はそう言って、ルークに用紙を渡した。

そこにあった空欄にルークが自分の名前を署名して、私に渡してきた。

これって署名するしかないよね。

もちろん、ルークと結婚できるなら不満なんて何一つないけれど……。

ルークに倣って署名をすると神父がクルクルと丸めて筒に紙をしまった。

ルークは金貨を渡してそれを受け取った。

「さ、これで僕たちは夫婦だよ」

ルークがにっこり笑って私と手を繋ぎながら言った。

「正式なものは伯爵の許可がいるでしょう？」

「ふふ。バレた？　もちろん、これは略式すぎて法的に認められたものじゃないよ。あそこはね、駆け落ちした男女が許しを乞いにいく教会で有名なんだ」

「えっ」

「駆け落ちしたら誰にも祝福されないからね。せめて形だけでも結婚式を挙げたい男女がお願いしに行くんだ。だから神父も事情は一切聞いてこない」

「そんな教会があるのね……」

これも事前に調べていないとわからないことだ。ルークは本気で私と駆け落ちするつもりでアレコレ用意したのだろう。

昨日、私たちは夫婦ですることをしてしまった。

順序は逆になったけれど、夫婦なら許される行為だろう。私が悩まないようにしてくれたのかな……。それならとてもありがたい。

たとえ『仮』だとしてもルークと夫婦であることを誓えたのは嬉しい。

そんな風に大事にしてもらえて胸が温かい。

素直に好きだと思えるのが恥ずかしくて、それでいて幸せだ。

「本当は婚約指輪も用意したかったけど、さすがにそんなものを注文したらバレてしまうから。目的地についたら、結婚指輪と一緒に二人で揃えよう」

「……ありがとう。あのね、ルークがよかったら、なんだけど、ルークのお母様の形見の指輪をつけていてもいい？」

「リペア……それでいいの？」

「うん。あのね、ルークに返そうと思ってずっと持ってたの」

私はルークに布で包んでいた指輪を渡した。彼はそれを開けてじっと見つめた。

「星の……星の刺繍の布だ。それに指輪って、こんなに綺麗だった？　僕の記憶では地金の部分はもっとくすんでいたよ」

「星は……ほら、あの時にルークから預かったからちょうどいいと思って。指輪は時々出して磨いていたの。あの、ルーク？」

「あの時、父からリペアを守れなかった」

なにかを思い出したようにルークは低い声を出した。

「だってまだルークは十一歳よ？」

「怒り狂って、アイツ、リペアの頬を打ったじゃないか」

「ルークだって殴られたわ。私も守ってあげられなかった」

「悔しかったんだ……これからは絶対あんなことが起きないようにする。リペアを守るから」

「うん……ありがとう」

「流星群を一緒に見た夜、本当はこの指輪をリペアに渡したかった。父は何の価値もない安物だって言っていたけど、本で見たんだ。これは『幸せを呼ぶ虹《にじ》の宝石』というもので貴重過ぎて、ほんの小さな石しか存在しないって。多分、これでも大きい方だと思う」

「そ、そうなの。そんな価値があるものなら、やっぱりルークが持っていて」

自分からそんな貴重なものを強請《ねだ》ってしまったようで恥ずかしくなった。

けれどもルークは緩く首を横に振った。

「リペアに『将来結婚してください』って言うつもりで渡したんだ。でも勇気がなくて、預かってほしいなんて言ってしまった。だから一度返してもらってからリペアに改めて渡そうと思ったんだ」

指輪をすくい上げたルークはそれをわたしの指にはめた。

不思議とそれはわたしの指にぴったりだった。

まるで、ルークのお母様に祝福されているような気持になった。

「こんなに嬉しい婚約指輪はないわ」

「いや、それはリペアに持っていてもらいたいけれど、婚約指輪は僕がちゃんと用意するからね」

「ううん。婚約指輪はこれで十分。ルークのお母様が見守って下さるわ」

「リペア……ありがとう。やっぱり僕は世界一リペアが好きだ」

「なにそれ。でも、私も……ルークが世界一好きよ」

教会の側の木陰に隠れてルークとキスをする。こんなに幸せでいいのだろうか。

明日には伯爵と母が屋敷に戻るだろう。母はいざとなったら逃げればいいと言ってくれていたけれど、伯爵の怒りの矛先が向くかもしれない。

「どうしたの？　リペア」

「私たちが駆け落ちしたと知ったら伯爵がお母様に酷いことをしないかしら」

「母さんは僕たちが駆け落ちするのに協力して、家を空けてくれたんだよ」

「ええっ」

──もう少し待って、リペア。そうしたらすべては解決するのよ
母の言葉を思い出す。あれは、そういうことだったの。

「もしかして、お母様はこうなることがわかっていたの？」

「こうなるって、僕たちが夫婦になること？」

「夫婦……うん」

「母さんは僕がリペアのことが小さい頃から好きなのは知っていたからね。今回のことも僕が母さんに相談していたんだ」

「そうだったの……」

「さあ、馬車に戻ろう。御者が待ってるよ」

ルークの手を取っていく未来……。こんなふうになるなんて思ってもみなかった。

第三章　新しい生活と時戻りの決意

三日ほど休憩を入れながら移動し、四日目の夕方に国境に着いた。

ルークが用意した書類を提出し、無事にダイズレイド国に入国する。

景色が一気に砂漠にかわり、そこからはラクダに乗って移動することになった。

昼間は暑すぎて移動は無理だと言うのでそのまま夜に移動し、明け方に首都に着いた。

「一旦宿を取って、明日親友に会いに行くよ」

ダイズレイド国は砂漠を越えた国。

当然ここにたどり着くまでに水の価格は目が飛び上がるほどに高騰していた。

独特の文化があり、衣服も薄絹を重ねたようなものを着ている。

「宿は決まっているの？」

「良さそうなところは教えてもらっているんだ」

ルークがダイズレイド国の言語で宿の人と話をしているのを隣で見る。

私が知らないルークの一面を見るたびにドキドキしてしまう。

さらさらと宿帳に署名するその手すらセクシーに見えて自分がどうしようもなく思えてしまう。

部屋の鍵を受け取ったルークとそのまま食堂で軽く食事を摂って、睡眠をとることにする。ラクダの上で少し眠ってしまったが、それでも体は疲れていた。

「体が砂埃《すなぼこり》だらけだ。一眠りしたら出かけて服を買いに行こう」

部屋に入ると目に飛び込んできたのは大きなベッドだった。

そこにはシーツの上にハートの形でピンクの花びらが敷き詰められていて、かごの中にはワインが用意されていた。

「新婚だって言ったからサービスしてくれたのかな」

ルークがつぶやくのに顔が赤くなるのが自分でもわかった。

あからさま過ぎる演出にどう反応していいかわからない。

「お、お風呂が先よね⁉」

とりあえずベッドのある部屋を回避しようと部屋の奥に通じる廊下の先を覗いた。

そこには丸い形の浴槽があって、お湯の上にはびっしりと花びらが浮かんでいた。

こ、ここにも……。

驚いて立ち尽くしているとルークが後ろから抱きしめてきた。

「ルーク……」

「まずは埃《ほこり》を落とそう」

「あ、あの……」

前に回ってきたルークの手が私のリボンをシュルシュルと解き、ボタンを外していく。

あまりの手際よさに私は何もできず、されるがままになってしまった。

ちゅっ……ドレスが足元に落ちると露《あら》わになった肩にルークの唇が落ちてくる。

それだけで、ルークとの交わりを思い出して体が熱くなった。

「移動中はずっと我慢してたから。少しだけ」

我慢していた、と言うけれど、キスはしていた。

わ、私だってその先を期待しないでもないけれど……。

「きゃっ」

「ちゃんと首に掴《つか》まってて」

下着も取り攫われて、裸になると、同じく衣服を脱いだルークに抱っこされてそのまま湯船の中に沈んだ。甘い花の香りがバスルームに広がっていた。

「一緒に入るなんて、聞いてない……」

「水は貴重なんだから、こうしたほうがもったいなくないでしょ」

「嘘つき。明るいから恥ずかしいのに」

「僕、色々と頑張ってきたよ。だからご褒美ちょうだい」

「それは、ありがたいと思ってる……よ。んっ」

唇を塞がれて、文句も言えない。

「リペア、口を開けて」

まだ少し納得がいかないのに、ルークにお願いされると口を開けてしまう。

甘いなぁって思うけど、でも昔からルークにお願いされると許してしまう。

「舌を出して、もっと……」

「……こう?」

「そう」

言われるがまま舌を出すと、食べてしまうみたいにルークがそれを口に入れた。

ルークの舌が絡んできて、唾液が溢れてしまう。

「んふぅ」

「初めての時、リペアはあんまり気持ちよくなかったでしょ?」

「そんなこと……ないよ」

「でも……」

「ん、ぐ……」

「ここ、痛かったんじゃない?」

ルークが私の秘所に手を当てると入れられたときのことを思い出してちょっと緊張してしまった。

「夢中になって、突っ走ってしまったから、リペアが気持ちよくなかったんじゃないかと思って反省してたんだ」

「気持ち、よかったよ?」

「どこが?」

「え、どこがって?」

「教えてよ。気持ちよくなってもらいたいから」

「私のことはいいよ、ね？」

「一緒がいいんだ。二人で気持ちよくなりたい」

「そんな……」

「胸は感じる？」

コクコクと頷くとルークがやわやわと持ち上げるように掴んで、乳首を口に含んだ。

「あふっ、ん、んんっ」

「気持ちいい？」

舌でクニクニと刺激されて、吸い上げられると堪らない気分になる。

でも、なによりもルークがそれをしている姿に気持ちが昂る。

いつからこんな顔をするようになったの？

「ハア、ハアッ」

「ねえ、舐めさせて」

「え？」

ざばり、とお湯から体を引きあげられて、浴槽の縁に座らされた。

日の光に体のすべてがさらけだされるのをルークが興奮した目で眺めている。

「足を広げて、リペアの大切なところ、見せて」

「恥ずかしいよ、ルーク」

「僕にだけ、見せて。お願い。少しだけでいいから」

「少しだけ……」

懇願されると弱い……恥ずかしくてたまらないけれど、そろそろと足を開いた。

「ね、もう、無理だから」

やっぱり恥ずかしくて足を閉じようとしたら、足の間にルークが入ってきた。

「ピンクの乳首もかわいいと思っていたけど、ここも、可愛い」

「なにっ、ル、ルーク！」

ルークが私の様子を見ながら舌を出して見上げる。

私の喉がごくりとなるのを見て、ぺろりとそこを舐めてきた。

「そ、そんな……あっ」

「やっぱり入口の粒が気持ちいいのかな？」

舌でツンツンとされると刺激に体がびくびくと震える。

はしたないのにもっとしてほしいような焦れた気持ちも出てきて、もう、どうしていいかわからない。体の内側から蜜だけでなく感情も溢れてくる。

大好き……。

大好きなの、ルーク。

「ん、んっ……あああっ」

敏感な粒を舌でつつきながらルークの指がぐりゅりと入ってくる。

舐め上げられている快感で指で中を探られる違和感が相殺される。

だんだんとクチュクチュと水音がしてきて、ルークの指がスムーズに出し入れされる。

「こうすると蜜が溢れてくる……リペア、とんでもなくエッチな顔になってる」

「はうううっん」

ルークの言葉に理性が千切れて快感が突き抜ける。

内ももがびくびくと震えているのはまるわかりで、ルークの目の前で達してしまった自分が恥ずかしい。そんな私にお構いなしにルークは内ももにちゅっとキスをした。

もう、何をされても気持ちがいい。

「もしかしてイっちゃったの？　僕に見られながら舐められて気持ちよかった？」

「すん……ううっ……」

「え？　どうしたの？　え？　泣いてるの？」

「恥ずかしいって言ってるのに……いじわる……もう、どうしたらいいの？」

「ごめん、エッチな顔に興奮してつい……だって、可愛すぎる」

「ルークが、舐めたりするから、気持ちいいのが我慢できなくて」

「……それで、イっちゃった？」

コクリと頷くとザバリとルークが立ち上がった。っていうか、そ、そこも立ち上がってるから！

「え、やっ」

ルークは私の腰を持ち上げて立たせると浴槽の縁に手をかけさせた。

「これだけ濡れていたらいいよね？」

「なっ……」

「我慢できないからっ！」

「やあんっ」

背後から腰を掴んだルークが私に立ち上がったそれを突き刺した。

「ハアッ、ハアッ、ハアッ！」

荒い息が聞こえてきて、激しく奥を突かれる。

バシャバシャと水面が激しく揺れて、花の匂いがバスルームに立ち込めた。

「やあっ、ル、ルークッ、ルークッ！」

「リペア、僕のことだけ感じてっ、はあぁっ……イクッ」

「あああぁーっ」

ぐっと体を押しつけられたかと思ったら、次の瞬間ルークが私の中から出ていった。

ビュッツ、ビュッと熱いものがお尻に放たれて、ポタリと水面に落ちて行く。

ふうふう、と息を上げて下を向いているとくるりとルークの方へ体を回転させられて、噛みつくようなキスをされた。

ぷはっ……と唇が離れていくと銀糸が二人の唇に糸を引く。

あまりのいやらしい光景にまた下腹がきゅんと収縮した。ルークの表情も……エッチすぎる。

ぼおっとしていると体から力が抜けた私を膝にのせて、ルークの体を跨《また》ぐように抱っこの形にさせられる。

この体勢はまずいと思いながらもルークの首の後ろに手を回して抱き着くしかできなかった。

「背中を洗ってあげるね」

耳元で囁かれて、へとへとな私はそのままましがみついた。泡を付けたルークの手が私の背中を滑っていく。そうしてお尻に到達した指が後ろから差し入れられた。

「ひゃっ、ダメッ……」

「ここは清潔にしないと……ほら、また後で舐めてあげるからね」

「はああん」

お尻の割れ目から侵入した手が私の秘所をしつこく洗ってくる。

ガクガクした内ももでルークの手を拒もうと挟んでもルークを楽しませるだけだった。

「も、ヤダ……、ルークッ！　ヤ……」

「わかった、じゃあ流そうね」

上からお湯で泡を流されて、息を整えるとそれを見ていてたルークと目があった。

ルークが興奮した顔をしてる。

「ルーク？」

「このまま入れていい？」

なにを、と思った時にはもうお尻にありえないほど硬いものが当てられていた。

まさか、また？　だって、さっきしたばかり……。

「そん、なああっ……」

私をのせた格好のまま、ルークがまた私に潜りこんできて、そのまま、胸の谷間に顔をうずめた。

私が膝から落ちないように抱えられて、結局は激しく突き上げられた。

パチャパチャとバスルームにいやらしい音が響く。

「はあっ……ほんと、終わりそうにない……こんなっ……」

「吸っちゃヤダッ、あっ、またっ……」

「イっていいよ。リペア、気持ちよくなって、下から突いて手伝ってあげるっ」

「はああっ、やあん、そ、そうじゃっ、ああっ」

「じゃあ、こう？」

「乳首ひっぱっちゃ、やっ！　あああーっ」

そうして散々バスルームでルークに好き勝手された私が意識を取り戻したのはベッドの上だった。

「リペア……ご、ごめん。お水いる？」

「……いる」

「服を買いに行くのは明日にしようか」

「……」

「リペアの好きなものなんでも買ってあげる」

「……なんでも？」

「う。まあ……できる範囲で？」

「……じゃあ、精力減退薬」

「……ごめんなさい」

体がだるくてお水を口に含んでからまた目をつぶった。

薄目を開けてルークをみると、情けない顔をしていた。この顔にも昔から弱い……。

「ルークだって疲れたでしょう？　もうすこし一緒に寝ようよ」

シーツを持ち上げて隣にスペースを開けると、ルークが急いで入ってきた。

「無理させてごめん……リペアのことが大好きなんだ。それだけはわかっていて」

「……うん」

それから二人でシーツに包まって眠った。

ルークがシーツの中で足を絡ませてくるのでちょっと焦った。


「午後から親友を紹介するよ。まずは、衣装を揃えよう。今着ている服では暑いからね」

「あのルーク、なんでも買ってくれるとは言っていたけれど、その、お金はどうするの？　私もコツコツ貯《た》めたお金は少し持っているけれど、働く先を見つけないと心もとないわ」

「それも兼ねて親友に会った時に説明するよ。僕がお金を持っているから気にしないで買っていいよ。リペアはお金を出さなくていい」

ルークはにっこりと笑っているけれど、大丈夫なのだろうか。

この間までアカデミーに通っていたルークが、この先生活できるお金を十分持っているとは考えられない。

ここまでの旅費や宿代だって結構かかっていると思う。

まさか、リンドバーグ伯爵のお金を持ち逃げなんてことは……ないよね。

私も小さい頃からなにかのときにもらったお金をためておいたけれど、さすがに働かないと生活はできない。

一昨日は疲れていて気にしていなかったけれど、宿も一番高そうな部屋で、その、し、新婚仕様だったから結構な金額のはずだ。

そもそもダイズレイド国の通貨の為替相場もわからない。

不安になって見上げてもルークはにっこり笑っているだけだった。うう、天使のような顔……。

「あんまり見つめてくるとキスしたくなる」

「だ、ダメ！」

前言撤回。油断すると悪い子の顔になる。

年齢の割に落ち着きがあったと思うのに、どうしよう、ルークが完全に浮かれている。

「さ、この店に入ろう。僕が選んでいい？」

「いいよ」

店に入るとたくさんの服がハンガーにかけられていた。

ダイズレイド国の服装はウエストのベルトで両サイドの生地を止めるようなデザインだ。これって……。

「ルーク、このデザイン」

「そうだよ、ダイズレイド国の衣装に真似てあの時のリペアのドレスを作ったんだ。」

あの時ルークがダイズレイド国のイメージをしたドレスを作ったのは、もうすでに私とここへ逃げることを考えていたからなのだろうか。

「リペアはピンクが好きだよね……これはどう？」

ルークが選んでくれたドレスを体に当ててみる。いいとは思うけれど、いったいいくらするんだろう。値札を見てもどのくらいかさっぱりわからない。

「……これでいい」

紺色のシンプルそうなものを選ぶとルークが口を尖らせた。

「それもいいけど、もう少し華やかなものもいいんじゃない？　これと、これも」

「そんなにたくさん、いいよ。それに、保管する場所もないでしょ」

「着替えはいるでしょ。それに家は用意してもらってる」

「い、家？　ルーク……あなた、どこから資金を……」

「……だから、後で話してあげるから、とにかくお金は心配しないで」

ルークが選んでくれたドレスに着替えて試着室を出ると、ルークもこちらの服装に着替えていた。

詰襟のコートのような丈の長い上着がなんともかっこいい。

「綺麗だよ、リペア。さあ、いこう」

「荷物は？」

「これから住むところに運んでもらったから大丈夫」

ルークの親友に会えばいろいろ教えてもらえるのだからと、彼について行く。

行き交う人々も先ほどのお店の人の会話も異国語で私には全く聞き取れなかった。

それに対してルークはスラスラと会話をしていた。

すごいなぁ。私も日常会話くらいはなんとかしないと。

「私もルークのお友達に挨拶したいから、簡単な言葉を教えてくれないかしら」

「ふふ、カジュールはアカデミーの留学生だったから、言葉はあわせてくれるよ」

「そうなの……他国に留学できるなんて」

「彼はこの国の第六王子なんだ」

「お、王子様⁉」

「リペア、君はもう僕の妻なのだから、カジュールに心を寄せないでね」

「そんなわけないでしょ！　その、ルークよりカッコいい人はいないから……」

「リペア……キスしたい」

「ダメに決まってる！」

そう言ったのに、腰を掴まれて建物の陰でちゅっとキスをされてしまった。

怒ってポカポカと胸を叩いてもルークは笑っているだけだった。

大理石の美しい大きな建物に着くと入り口で止められて、ボディチェックさせられた。

ルークが係の人に声を掛けてくれて、私は女性に確認された。

「ロマノ国と違ってダイズレイド国はちょっと治安が悪いからね」

六番目とはいえ王子様に会うのは大変なようだ。失礼のないようにしないと。

ピカピカに磨かれた廊下を進んで、奥の部屋に進む。

重厚な扉の前の護衛の人に声をかけると中に入れてもらえた。

「ルーク！　無事で何よりだ！　入国したのは報告を受けていたが、上手く行ってなによりだ」

「なにもかもカジュールのお陰だ。感謝してもしきれないよ」

「さっそく、君の奥方を紹介してくれよ」

「リペア、こちらがダイズレイド国の第六王子のカジュール＝レイ＝ダイズレイド様だ」

「よろしく、ルークの宝石。どうやら君はルークにピカピカに磨かれているらしい」

「初めまして、カジュール王子様。リペア＝ハーヴェスです」

「おや？　ルーク、彼女はまだリンドバーグではないのかい？」

「教会で誓ってきたが、リンドバーグになるのは正式な書類を揃えてからになる」

「駆け落ちだから、すぐには無理か。まあ、別にこちらで新たに戸籍をつくってもいいだろう」

「面倒なことになったら頼むよ」

少しの会話でもこの人のお陰で無事に駆け落ちができたのだとわかる。

それに、ルークと本当に親しいようで、なんだかそれが微笑《ほほえ》ましかった。

「僕とカジュールは貿易の事業を立ち上げて運営しているんだ。代表はカジュールで、僕は副代表の役割をしている。アカデミー時代から進めている事業だけど、卒業したから本格的に動いているんだ。もう利益も十分上がっている。だから僕の妻であるリペアは何も心配せずに暮らしていける」

妻……。なんだか照れてしまう。

ルークはもう事業を運営していたのか。

にっこりと笑うルークが頼もしくて、なんだか恥ずかしくなってしまう。

どうしよう。もう、かっこよく見えて仕方がない。

「まあしかし、君がいないと何かと仕事が進まないからな。住居《じゅうきょ》は商会の近くを用意した。ある程度生活が整ったらすぐに出社してくれ。細かいことは秘書のマクレインに頼んでいるから、そちらから聞いてくれ」

「ありがとう。さ、リペア」

「あの、ありがとうございます。カジュール王子様」

「カジュールでいいよ、私もリペアと呼ばせてくれ」

「はい、カジュール様」

「正直ルークが結婚なんて考えつかなかったよ。しかも駆け落ちだなんてな」

「カジュール、その話は……」

「わかってる。私はルークが機嫌よく働いてくれたらそれでいい。では新居を気に入ってくれると嬉しいよ」

部屋を出る時にカジュール様が私にウインクしたのを見てルークがムッとしていた。

その姿がおかしかったらしく、彼は私たちを見送りながら笑っていた。

「まったく。カジュールは女たらしだからリペアも気を付けて」

「私は人妻だもの、平気よ」

「……こんな可愛い人妻は危険すぎる」

「なに言ってるのよ」

嫉妬してるのかな。

ルークが？　まさかね。嬉しくなって腕にしがみつくと照れたようだった。

「早く新居に行かないと」

耳まで赤くなっているルークが可愛い。

出入り口までくると小麦色の肌をした四十代くらいの男性が立っていた。

「ルークさん、待ってました。お家に案内します」

どうやらこの人が秘書のようだ。

「秘書のマクレインです。ルークさんの奥さんはかわいいですね」

「リペアです。よろしくお願いします」

「ボスから会社の位置と新居への案内を頼まれています」

「よろしく。それと、リペアは言葉が通じないから、言葉がわかるメイドが欲しい」

「あー……では、私の一番下の妹に頼んでみます。彼女なら、少しできますから」

「ありがとう、マクレイン」

会社と新居は近くにあるようで、三人で歩いて移動した。

ブロックを積んだベージュの壁が並んでいる。建物は家と家がくっついた形が主流のようだった。

大きな建物が出てきて輸入雑貨のお店がある。

そこには可愛い置物や見たことのないような布地がかけられていた。

「可愛いお店だわ」

「ここがボスたちのお店です。二階が本部になってます」

「こんなに大きなお店……」

「ルークさん、挨拶していかれますか？」

「いや、新居を確認してから後でくるよ」

「では角を曲がって、五軒目です」

マクレインの先導で縦に長いブロック塀の家に着く。鍵を開けて中に入ると真っ白い空間が広がっていた。

「わあ……」

「思ったより中は広いね」

「都市部はこういう作りが多いです。人気ですね。バルコニーから夜は星が見えますよ」

「ええっ……わあ……」

バルコニーには丸テーブルと二つの椅子が置いてある。部屋にはまだ必要最低限のものしか置かれていないが、生活を始めるのには十分だ。

「カーテンやソファ、小物なんかはリペアが気に入るものをさっきの商店から持ってきたらいいよ。選んでいる間に僕は仕事をしてくる」

「わかった」

「商店のほうに私の妹がいます。紹介しますので奥さんはそうするといいですよ」

家の鍵を預かって、お店の方に戻るとさっそくルークは仕事場に向かった。

紹介してもらったマクレインの妹は三十歳くらいのふくよかで明るい人だった。

「よろしく、奥さん！　私はヨシアです」

「リペアです。よろしくお願いします」

ルークがマクレインと上の階に行くだけで急に心細くなる。

そんな私の気持ちを察したのかヨシアが私の背中をポンポンと優しく叩いた。

「欲しいもの、なんですか？」

「そ、そうですね、まず、カーテンとソファと……」

殺風景な部屋を思い出して、まずは必要なものを選んだ。選んだものはすぐに家の方に運んでくれる。キッチンとバスルームに必要なものはヨシアが選んでくれた。

「ルークさん、お金持ちです。気にしない」

私がいちいち値段を聞くとヨシアが笑って教えてくれなかった。

途中ルークが心配して下りてきてくれたが、ヨシアと私が仲良くなっているのを見て安心して戻っていった。

荷物を運び終えて、カーテンを設置してもらう。

長さを計って裾を縫い直すと六日ほどかかるというので、針と糸を使って私が縫うことにした。

「奥さんは器用ですね」

「針仕事が好きなんです」

「ダイズレイド国では針仕事の上手なお嫁さんをもらうと幸せ言うね。ルークさん、幸せです」

「そうだと嬉しいです」

そんな風に褒められるとは思わなかったので恥ずかしくなった。

ルークが幸せならいいな。

窓の長さに裾を直していたら、頼んでいたドレスも届いた。

たくさん商店の人が快く手伝ってくれたので、私は指示をするだけで良かったが疲れてしまった。

そんな私に気づいたヨシアはお茶をいれてくれて、少し休みなさいと私をバルコニーの椅子に座らせた。ありがたい。

異国のお茶は花のフレイバーだった。

「ふう……」

今までこんなにフレンドリーに接してもらったことがないので驚いた。

ロマノ国にいた頃より言葉がままならない異国の人たちの方が親切だなんて不思議な気分だった。

バルコニーから見える異国の街並みにまだ慣れない。

ルークに告白してから怒涛《どとう》のような展開で、その……結ばれて、夫婦もどきになって、異国の地で今こうしてお茶を飲んでいる。

こんなことになるなんて思ってもみなかった。

駆け落ちして、人に非難されたとしても、ルークの側にいられて幸せだ。

しかし、ルークがアカデミーの頃から事業を起こしていたなんて思いもよらなかった。

アカデミーの勉強だって大変だっただろうし、休暇にはリンドバーグ家の領地経営の勉強だってやっていたはずだ。

私が知らない間、ずっと、ずっとルークは頑張り続けていたのだろうか。

リンドバーグ伯爵は自分の息子にも厳しかった。一年目にルークが成績を落とした時（といっても十番以内には入っていたと聞いた）は、休暇に屋敷に戻ってくることを禁止したくらいだ。

それからは一度も成績を落としたこともなく、ルークは最優秀成績者として卒業した。

誰もがルークは立派なリンドバーグの後継者であると信じて疑わなかったし、私もそれが当然のことだと思っていた。

——なのに駆け落ちして、異国に行って、もうあの屋敷には戻れないだろう。

私は元々リンドバーグ伯爵に認められていない居候だったからいいけれど、ルークは違う。

なんのために今まで厳しい教育を受けてきたのだろうか。

ルークに一番いい方法を探ろう。……時戻りできる期限まではまだある。

できればもう少しだけルークと愛しい時間を過ごしたいし、もしもこのまま二人で幸せになれるのなら、それに越したことはない。

そして後の気がかりは母だけだ。

ルークは母も安全な場所に行くと言っていたけれど。

複雑な気持ちを抱えながら、私は遠くの空を眺めた。

「ただいま、リペア。あれ？　夕食を食べなかったの？」

ヨシアが作ってくれた夕食が手を付けられずにテーブルに並んでいるのを見てルークが私を見た。

「一緒に食べようと思って」

一人で食べることは慣れているけれど、できればルークと一緒に食べたかった。

ましてや仕事が忙しくてルークに気遣う気持ちもあった。

「……嬉しいけど、次からは先に食べていて。多分、しばらくは遅くなるから」

「そうなの……」

困ったようなルークの顔をみて、やってしまったと後悔する。

食事を待つ方がルークの心の負担になったようだ。

明日からはルークの分は残しておいて済ませておこう。

夕食を一緒に摂ると疲れていたのかルークは着替えてすぐに眠ってしまった。

少しずつ生活空間が整ってきて、家の居心地はよくなったものの、それに比例するようにルークの仕事は忙しくなったようで毎日夜遅くまで働いている。

二人の時間が取れない寂しさはあるが、それよりも働き過ぎのルークの体が心配だった。

それなのに私には『困ったことがあれば、いつでも本部（二階）にきていい』と言ってくれていた。

もちろん関係のない私が、忙しい仕事場に顔を出すなんてできない。

街を探索しに行こうかとルークに相談すると、護衛を雇うと言われてしまう。

近くならヨシアが付き合ってくれるのだが、よくよく聞くと彼女には家庭（三人の子供のお母さんで一番下はまだ十歳だそうだ）があるので、とくに用事が無い時は夕食の支度が済んだら帰ってもらっている。

夜は一人になるのでダイズレイド国の母国語を少しずつ覚えるように勉強をしていた。

寂しい夜はバルコニーに出て空を眺めた。

ロマノ国の空よりもはっきり見える星空は、時折流れ星も現れることがあった。

「ただいま」

そうこうしているとルークが帰宅する。

最近は夕食ももっぱら商会の方で軽く食べてくるようになっていた。

かろうじてシャワーを浴びるとベッドに倒れ込むようにして眠ってしまう。

無理をしているその姿に心配してもなんの助けにもならない。

「おやすみなさい」

今日も疲れて眠ってしまったルークのこめかみにキスをして、私も眠った。

次の日、ルークを送り出してから商店の方に行って刺繍糸《ししゅういと》と布を購入することに決めた。

手持無沙汰になって、刺繍でも刺そうかと思ったのだ。

商店の品物は全部ルークのつけで購入するのでお金を払ったことはない。

「おはようございます。きょうもいい天気です」

ヨシアがお手伝いに家にきたので、声をかけて行くことにした。

「ヨシア、ひとりで商店に行ってくるわ」

「奥さん、少し待ってくれたらいいです。私は昼食の準備中です」

「何度も商店には行っているし、困ったら二階にルークがいます。だから、私一人で大丈夫よ」

「一人で大丈夫、ですか？」

「はい」

「では、気を付けて行ってください。終わったらすぐ迎えに行きますよ」

野菜を刻みながらヨシアが心配そうに私を見ていた。

まるで初めて子供にお使いを頼んだみたいだった。

いくらロマノ国より物騒だと言っても数十メートルのところに行くだけだ。

何も恐ろしいこともない。覚えた道を歩いて商店にすぐ着いた。

ウロウロとお店の中を回って刺繍糸と布はすぐに見つかった。

けれど肝心の針がない。困っていると店員が声をかけてくれた。

『……さがす……だう？』

なにを言っているかわからないけれど……多分、なにを探しているのかって言ってるよね。

『――欲しい』

針が欲しいと言いたいけれど、どう表現していいかわからない。

刺繍糸と布を見せて糸を通す真似をすると、わかってくれたようで案内してくれた。

しかし店員が案内してくれたのは編針《あみばり》のほうで、違いを説明するのにずいぶん時間がかかった。

こんなことなら事前にヨシアに単語を教えてもらってからにすればよかったと後悔した。

「さて、材料も手に入ったし戻ろう」

材料を袋に入れてもらって帰ろうとした時、向こうに二階から下りてくるルークが見えた。

嬉しくて近くまで行こうとしたが、隣に人影を見つけて咄嗟に隠れてしまった。

ちらりと見ると美しい衣装を身に着けた黒髪の美人だった。

綺麗な人……。

ルークは浮気なんてする人じゃないからそんな心配はしていない。

ロマノ国にいた時も常にモテていたのでいちいち気にしていられないと学習している。

そういえばカーミラ＝レストン嬢はどうなったのだろう。

ルークと私が駆け落ちしたのを知っているのだろうか。

そんなことをふと思っていたら、ルークの声が聞こえた。

「ロマノ国の様子を教えてもらえて助かった」

聞いたことも無い抑揚のない冷たい声。

話している内容が聞こえてなければまるで怒っているかのようだ。

あんな顔もするのだと不思議な気分になった。

「いえ、私もついでだから。でも、リンドバーグ伯爵は怒り狂って必死にあなたを探しているわ。気を付けてね。それと、あなたの婚約者だったレストン子爵も訴えると言ってるそうよ」

「どちらも想定内だ。婚約はしてないけどね」

「けれど、やはり駆け落ちはあなたにしては軽率だったのでは？　今までの苦労が水の泡でしょう？　あのままロマノ国にいれば……」

「それはあなたが判断することではない」

「はあ。カジュールの右腕でなければ、私だって世話を焼くつもりはないわ。わかってるの？　あなたになにかあったら、駆け落ちを手伝ったカジュールだって……」

「僕がヘマをすると？　ずいぶん軽く見られたものだな」

「そ、そういうわけでは……」

「事業のことは心配しないでくれ。必ずこちらでも結果を出すから」

……軽率。やっぱり駆け落ちしない道もあったのだろうか。

私には捨てるものなど何もなかったけれど、ルークは違う。

リンドバーグ伯爵家の相続もアカデミーでの功績も、今聞いたところによるときっとロマノ国での事業も好調だったに違いない。

ルークは後悔しないかな……。

なにもしてあげられない自分がふがいない。

『奥さん、……！』

「あっ」

後から店員に声を掛けられて、驚く。

その声に気づいてルークと女性もこちらに気がついた。

「リペア、きていたんだね」

私を見たルークはいつもの優しい顔になる。

女性は信じられないものを見るような目でそれを見ていた。

「し、刺繍の道具が欲しくて……」

とっさにそう言い訳すると、女性が私に呆れたような視線をよこした。

「刺繍？……ずいぶん、能天気でいらっしゃるのね」

彼女が小さな声でつぶやいた言葉が耳に入ると胃がキリキリと痛んだ。

「アリエル、それじゃあ、これで」

「あら、せっかく情報を持ってきたのに、奥様にご挨拶もさせてくれないの？」

「……はあ。リペア、こちらアリエル＝フランデール嬢だ。アカデミーの同期生で仕事を手伝ってもらっている」

「リペア＝ハーヴェスです。よろしくお願いします」

「よろしくお願いします、ルークの奥様。でも、駆け落ちなんてするならもう少し緊張感を持たれた方がいいわ」

「アリエル」

ルークが窘《たしな》めるように低い声で名前を呼んだ。

そんな姿を見てさらに彼女は呆れていた。

「本当に骨抜きにされているのね。驚いたわ……。なるほど、これだけ美しくないとルークのお眼鏡には合格できないってことなのね。はあ、ルークが面食いだとは思わなかったわ」

「骨抜きだなんて」

そんなことをした覚えはないし、ルークはいつだって優しい。

「なにもかも捨てて、あなたと結婚するために駆け落ちをしたんだからそうでしょう？」

はっきり言われて息が詰まった。

息が上手くできない。

ルークが私を守るようにアリエルとの間に入った。

「プライベートを君にとやかく言われるつもりはない。情報はありがたかったけれど、君からもらわなければならないものでもない。思い上がらないでもらえるかな」

「え、あの……」

「今後は報告もいらないし、他の業務連絡も支社の方で済ませてくれ。ここにくる必要はない」

「嘘、まさか、彼女を不快にさせたから、私にそんなことを言うの？」

「見送りはいいだろう。さようなら」

「カジュールが言っていたのが本当だったなんて……」

「リペア、話をするよ。二階に行こう」

驚くアリエルを無視し、落ち込む私の腰を抱いてルークは二階の部屋に連れて行ってくれた。

言われて当然だ。駆け落ちなんて、全てを捨ててしまうことなのだから。

私がルークには必要のない駆け落ちをさせたようなものだもの。

「リペア、あのね。さっき聞こえたかもしれないけれど、僕たちの駆け落ちがバレて、リンドバーグ伯爵が怒っている。カーミラとは婚約したつもりはないけれど父が勝手にすすめていたから騒いでいるんだろう。どちらも想定内で、それも見越してここにきたんだ」

怒り狂う伯爵は容易に想像できる。

当然その矛先は……。

「ルーク、お母様は……」

「母さんは離婚するんだ」

「え?」

「リンドバーグ伯爵と離婚して別の場所で暮らす予定だよ。実は君のお父さんから譲り受けた小さな家付きの土地があるらしい。そこで暮らすと言っていたよ」

その話は母から聞いたことがある。

父が亡くなって爵位を遠い親戚に譲らなければならなくなり、この先関わらないという約束の代わりに少しの財産わけと小さな土地をもらったと。

「でも、あそこはどうしようもない荒地のはずよ?」

父が亡くなって、そこで暮らそうかと悩んだ時に母がその土地に訪れると、聞いていた話と違って幼い子供を連れて住める場所じゃなかったと言っていた。

きっと母は騙されたのだと思う。

「それは手配済みだから心配いらない。母さんは僕が成人するのを待ってくれていたんだ。前もって少しずつ離婚の用意をしていたんだよ」

「私は聞いてない」

「リペアは伯爵にずっと監視をつけられていたから話せなかったんだ。全部想定内だよ。だから、不安にならないでいい。アリエルの言ったことは無視して」

「でも、ルーク」

「今日は早く帰るよ」

「……うん」

ルークに抱きしめられる。

この温もりが欲しくて、ズルズルと時間を引き延ばしてしまっている自覚はある。

おでこにキスをもらって階段を下りると、私を心配したヨシアが迎えにきてくれていた。

その日は宣言通りルークが早く帰ってきてくれた。

嬉しかったけれど、どこか私のご機嫌伺いのようで心苦しかったし、無理をさせたと思うと気持ちが重くなった。

母が離婚する……。

それは喜ばしいことのように思うけれど、あの伯爵がすんなりそれを許すだろうか。

少なくともこれまで屋敷を切り盛りしてきたのは母だ。その仕事ぶりは伯爵も評価していたと思う。

母のことを詳しく聞きたかったのに、ルークはその話ははぐらかした。

伯爵が嫌っていたのは私で……駆け落ちをそそのかしたと私のことを責め立てて、母を罵っているのが手に取るようにわかる。

本当にこれで良かったのだろうか？

私は辺境伯と結婚しなくて済んだし、大好きなルークと結ばれた。

でも、ルークはそのために持っていたたくさんのものを失ったのでは？

母だって伯爵に睨まれて無事にこれから暮らしていけるのだろうか？

——もう少し緊張感を持たれた方がいいわ
アリエルが言っていたことは当たり前だ。

胸に刺さった棘《とげ》がじくじくと痛みだしていた。


そして次の日、ルークが家を出た後にアリエルが私に会いたいと家を訪れた。

タイミング悪くヨシアの子供が熱を出したそうで、食材だけ届けてもらってその日はお手伝いはいらないと断っていた。

こちらのキッチンは慣れていないけれど何とかお茶の用意をしてアリエルに差し出したが、彼女はそのお茶に手を付ける気はないようだった。

「率直に言いますが、ルークをロマノ国に返してほしいの。カジュール商会の事業はロマノ国内で波にのっていたのに、このままでは予定の半分ほどの規模になってしまうわ。肝心の彼がダイズレイド国で埋もれてしまうなんて才能の無駄遣いよ」

「そんなにルークが必要な事業なのですか？」

「やっぱり……なにも聞かされていないのですね。カジュールは商会にその名を貸してはいても、実際はルークが動かしているようなものです。ロマノ国で大きくした貿易業は今や手を広げ、城下の有力な店のほとんどの後援者になっています。そのほとんどがルークの手腕を見込んで力を貸してくれているといっても過言ではありません」

「……それって、すごいことなのですよね」

「ええ、そうです。ルークの考案した画期的な方法で貿易の流通が確保されたのですもの。ルークは単なるお金持ちの実業家ではありません。駆け落ちして他国で雲隠れしていられる人じゃないのです。カジュール商会のマークは黒鷲《くろわし》が描かれています。これはルークの姿を表現しているのですよ」

「商会のマークにするまで影響があるのですね……」

「……そうやって純粋そうにして、ルークを駆け落ちに誘ったのですか？　それとも、それとなくもっていったとか？」

「え？」

「やり手でいつもは冷静な判断ができる人も、色恋沙汰に溺れてしまうことがあるのですね。リペアさんは十分お美しいし、守ってあげたくなる儚《はかな》さに男の人が手を差し伸べてあげたくなるのもわかります。駆け落ちはあなたがルークに頼んだのですか？」

「待ってください。私はルークに駆け落ちを持ちかけたことはありません」

「義理の姉弟なんですってね。小さい頃から一緒に育ったら、あんなに優秀な人でも自在に利用できるってことなのかしら」

「それは、私を侮辱しているのですか？　それとも、ルークを？」

「侮辱しているつもりはありませんが、誰だって不思議に思います。あの美貌と才能をもって切れ者で、他人に隙を見せないような人が『愛する人と駆け落ちするために手伝ってくれ』とカジュールに頭を下げたのですよ？」

「ルークはそんなことをしたのですか」

「あなたの結婚話がなければ駆け落ちなんてしなくて済んだのでしょう？　このままあなたのことは私が責任を持って面倒を見ます。でも、ルークはロマノ国に戻してあげてほしいのです」

「……あの、アリエル様はリンドバーグ家の事情は詳しいのですか？」

「ええ。まあ、カジュールに念のために調べるように言われていましたから」

「では、私の母……クレア＝リンドバーグ伯爵夫人がどうしているか知っていますか？」

「……離婚話で揉めてリンドバーグ伯爵家から追い出されたと聞いています。ああ、そうだ、エステル＝ボヤージュ様が保護に名乗りを上げたとか」

「まさか」

「あなたが見つかれば結婚し、義理の母になるという理由だったかしら」

嘘よ。辺境伯は明らかに母に関心を示していたもの。

保護だなんてとんでもない。

母が話にのっていたらどうしよう愛人にされてしまう……。

「なんてこと」

「エステル＝ボヤージェとの結婚はルークを使って逃げ出すほど嫌だったのですか？」

「ルークを……使って？　まさか。結婚は嫌でしたが、ルークを巻き込むつもりはありませんでした」

「では本当にルークが駆け落ちを言い出したのですか？　パーティの話は聞いていましたが、とても信じられない」

「パーティの話？」

「リペア嬢に手をだせばリンドバーグの番犬に手を噛まれる」

「は？」

「リペアさんが出るパーティはルークが目を光らせていて、常に守っていたという噂です」

「確かに、守ってくれていましたが、そんな大げさなものではないですよ」

「実際にあなたに対するルークの態度を見てなかったら、信じられなかったけれど……はあ。わかっておられないのですね」

「……」

「うーん……なるほど、わかりました。リペアさんは常に守られていて、ルークの苦労をなにも知らない幸せなお嬢さんなんですね」

「確かにアカデミーでのことはなにも知りませんが……」

「このままダイズレイド国にいれば、ルークが必死になって協力を得たロマノ国の事業も、色々と繋がりを持つためにしてきたことも、全てが無駄になるのですよ？　それこそ、王族にも気に入られていたのに」

「……確かに私はルークの事業のことでしてあげられることはありません。では、アリエル様は私にどうしろと？」

「は？」

「私のためにずっと頑張ってきたルークの努力を無駄にしないために、なにをしろと？」

「それは、だからルークにロマノ国へ戻るように説得を」

「私がここに残り、ルークがロマノ国に戻って……レストン子爵のご令嬢と結婚して幸せに？　伯爵家に戻ればルークは幸せになるのでしょうか」

「それは……」

「私がルークを説得してロマノ国に帰しても、彼にとってそれはただ酷い裏切りでしょう」

「あなたは本気で自分のためにルークがここまで頑張ったと思っているのですか？　あのいつも冷静で、氷のように冷たいルークが？　情熱のためだけにこんなことしたと？」

「……私には陽だまりのような人です」

「それこそ信じられません」

「私にわかるのは、ルークの前から逃げることは彼のすべてを否定することだということだけです。私は、彼の幸せしか願っていません」

「……ほ、本気で想いあっているっていうの？　確かにあんなルークを見たのは初めてだったけれど」

「心配しないでください。悪いようにはしないつもりです」

そう告げて、アリエルには帰ってもらった。

彼女はロマノ国でのルークの功績をとても評価しているらしい。

ついでに私のことも、どんな悪女だと確かめたかったのだろう。

きっとこの世で一番ルークのことを理解できるのは私のはずだ。

ここで身を引いたら、ルークには絶望しか残らないだろう。

彼を傷つけないでロマノ国に帰す方法……それは私しかできない。時戻りをすればいい。

とはいえ母のことをルークにもっと詳しく聞かないといけない。

母の無事が確認できないと安心できない。エステル＝ボヤージェ辺境伯は母にも興味を持っていたのだ。世話を申し出るなんてとんでもない。

いてもたってもいられなくなって、私はルークのいる商会へ向かった。

身振りで従業員の人にルークがいるかと聞いたら指を差してくれたので階段を上がった。

どこの部屋にいるのかわからなくてウロウロしていると男の人の話声が聞こえてきた。

この部屋かも。

「……らしい」

「……ということか」

ルークの声だと思ってドアに手をかけようとしたとき、話の内容が聞こえてきた。

「こんなことなら駆け落ちしなければよかったな」

「今更、それはどうでもいいよ」

「先ほど見た新聞にはリンドバーグ夫人は亡くなったとあったが？」

「このことについては僕からリペアに説明するから」

どうやらルークと会話しているのは第六王子の声だった。

それより、今、なんて言ったの？

——リンドバーグ伯爵夫人が亡くなったと言わなかったか？

母が……まさか。

私は急いで階段を降りると商会の事務所にある新聞を手に取った。

ここにはあらゆる国の新聞が集められているのだ。

ロマノ国の新聞は誰か見ていたのか一番上に置かれていた。

貴族の訃報が書かれている欄に目を通すとそこにはありえない名前が載っていた。

クレア＝リンドバーグ
頭の中が真っ白になる。どうして……そんなことに……。
まって、早く、早く時を戻さないと。
残りの日数はまだあった？
どうして、こんなことに……。
早く、早く！

フラフラと家に戻って宝石箱を探った。手が震えて上手く中のものがつかめなくて宝石箱をひっくり返した。

早くしないと母が……涙がこぼれてきて、床に落ちる。

まだ緑色の光を放つ魔法のネックレスを手にとって、胸に当てる。

時を戻さないと……！

ギュッと手の中のネックレスを握って呪文を唱えようとしたとき、ドタドタと足音が聞こえた。

「リペア！」

ルークがこちらに向かってきていた。

ああ、ルーク、大好き……愛してる。

でも。

「待って！　リペア！」

母を死なせることはできない！

呪文を唱えて術が発動したとき、光の中で必死に私を止めようとするルークの顔が見えた……。


体が……。

千切れるような感覚……。

……。

第四章　時戻りはワンナイト前ではなかったのか

「はっ……」

目を覚ますとそこはベッドの上で、明らかにルークと泊まった初めての一夜を過ごした宿だった。

ルークの後ろ姿が見えた。手元をランプで照らしている。

そういえばルークはあの時、なにをしていたのだろうか。

振り向いたルークは私が目を覚ましたのに気づいた。

「リペア、起きた？」

「う、うん……」

……過去に、戻ったの？

でも、なにかおかしい……。

手のひらをギュッと握るとペンダントはもう光を失っていた。

時戻りは成功している……？

ランプをテーブルに置いたルークは軽くふう、と息を吐いてこちらに向かってきた。

とにかく、これで母が亡くならないようにできる。

駆け落ちは止めて、ルークをなんとか説得して屋敷に戻らないと。

あれ……でもどうしてベッドにいるの？　私。

するりとシーツが滑り落ちると何も身に着けていない素肌がさらされた。

「え……」

シーツの中を確認しても私は素っ裸である。

「ど、ど、ど、どーして……？？」

そして、シーツを確認して完全に青ざめた。

シーツには薄い出血の痕跡……。

私は確かに告白前に魔法陣は描いたはず……でも。

まさか、これは……。

致した後？

しちゃってるよね！

しちゃってるって！

に、逃げる？

でも、ルークはもうそこにいるじゃない！

やってきたルークが私をガバリ、と腕に閉じ込めた。そして、そのまま唇を塞がれた。

「んーっ……」

「とりあえず、しようか」

ルークがそんなことを言い出す。ん？　そんなこと言ってた？

あのときのことは、全てがいっぱいいっぱいだったから……覚えてなんかない。

でもこの後の展開は知っている。何度もルークと愛を交わしたもの。

どうして、どうしてこんなことに！

時戻りの設定は、ルークと初体験（告白も）する前にしたはずなのに！

どうしよう……

これ、事後！

どう見ても事後！

やってしまった後なんだけどぉ！

驚きで固まっている私にルークがさらにのしかかる。

そう言えばあの後何回した？

初めてで痛かったのに、結構しつこくルークにねだられるまま身を任せた気がする。

ルークと繋がれたことが嬉しくて、幸せで我慢したけど、かなり激しめだったよね……まさか、これからまたアレが始まるの⁇

嘘でしょ！

あんなの、一度味わえば十分なのに！

ぜ、絶対ダメー！

「リペアは、ちょっと先走っちゃうことがあるよね」

「え？」

こんな会話したかも覚えていない。

「トロットロに気持ちよくしてあげるからね」

「へ？　あ、やあん！　ま、まって」

ルークがためらいもなく私の唇を奪う。

顎を引かれて、口を開けると熱い舌が差し入れられてキスが始まった。

「んんっ、はあ……」

クチャ……。

「口の中も好きでしょ……」

ルークの指が唇を軽く押してから口の中に入ってくる。

くすぐるようにされると少し苦しくなって指を押し出すように舌を動かしてしまう。

ちゅぽっ……。

私から指を抜いたルークはそれを見せつけてからニヤリと笑った。

「んっ……はあっ」

そのまま秘所へと伸びた指は私の唾液をまとったまま敏感な粒を刺激した。

ルークの指が滑るたびに快感で頭の中が埋まってしまう。やだ、気持ちいい。

「ひ、ひうっ」

「キス……しようね？」

またキスが始まると同時に秘所にある指はクルクル動いて蜜がこぼれる。体がびくびくと反応する。

もうどちらの刺激に反応しているのかわからなくなってる。

どうしよう。気持ちいい。

こんなに気持ちいいなんて。

「エッチな顔になってきたよ。リペア……」

そんな風に言うルークの方がとてもエッチな顔をしていると思う。

やっぱり、時戻りして二度目になると、前回より余裕があるから体が素直に感じて快楽を受け入れられるのだろうか。

「ここも、好きだよね？」

ハア……と期待に甘い吐息が漏れてしまう。

胸の先に吸い付かれるとぷくりと乳首が立ち上がってくる。

恥ずかしいけれど、ルークが与えてくれる快感に、期待した自分の奥から愛液が溢れてくるのがわかった。

「わかる？　トロトロになってるの」

「あっ……、んんーっ」

ツプリと指が私の中に潜り込むと内壁を指が擦り上げて、その刺激に息が上がる。

「ハア、ハアッ。ハアッ」

軽く指を出し入れされて、気持ちよさにルークの指を締め付けてしまう。

もう少しで、イキそう……。ああ……っ。

ちゅぽっ……。

「え……？」

イキそうになったところでルークが指を抜いた。熱く、それを求めていた私の秘所がぽっかりと穴が空いたように感じる。

足りない。

ルークに満たしてほしい。

温もりが消えた私の奥がキュウキュウとルークを求めて痛いくらいに熱い。

「僕が……欲しい？」

「……ルー……ク？」

「リペア、どうしてほしい？」

「ル、ルークが欲し……い、入れて、ルーク……お願い……」

意地悪しないで満たしてほしい。

あの時は有無を言わさずルークがガツガツと迫ってきたと思っていたけど、本当はこんな感じだったのかな……。

「僕のことを愛してるなら、リペアが大きくして入れて。このくらいの意地悪はしてもいいよね」

「どうして？」

「リペアが先走るから」

愛してるから早く満たしてほしい。

ボンヤリする頭の中はそれでいっぱいになってしまう。

私の体が前とは違って感じすぎてしまうから、こんな展開になったのだろうか。

切なくて、ルークが欲しくて堪らない。

ガウンを脱いだルークの体に触れるとルークの体がピクリと反応した。

「あ、ああっ」

考えようとするとルークが指を動かして、考えがまとまらなくなってしまう。

中が切ないのに、入り口ばかり触れられて、クチャクチャといやらしい音が部屋に響いていくだけだ。

「いれ、入れてっ……」

懇願するとルークが私の手をルークの中心へと導いた。そこはもう立ち上がっていたけれど、まだ入れてもらえないのだろうか。優しく掴まされると私は手を上下に動かして前に教えられたようにそれを擦った。

「ふうっ、うん。いいよ……」

ルークの目元が赤く染まって、興奮していることがわかる。

ルークの性器の先端から溢れてきた粘液に指が濡れてきて、どんどん硬くなってくるのがわかった。

「も、いい？　ルーク……」

「いいよ。じゃあ、上にきて。リペアが入れて」

私を持ち上げたルークが自分の体を跨ぐように私をのせた。

内ももに溢れた愛液が伝っていた。

下からルークが私の位置を調節して、私の秘所にルークの硬い肉棒が当たる。

にゅるりと入り口を広げて私の中にルークを収めると、その刺激に体が震えた。

「はぅ……」

どうしようもなく気持ちよくて、ゆるゆると腰を動かすと私の体を持ち上げてルークが中から出てしまった。

「どうして……」

「もう一度、自分でして」

「ふ、ふう……」

今度はルークの手を借りずに入れることに集中する。一人だとモタモタしてしまう。

「リペア……入れて……我慢できない」

ルークの切ない声を聞いて手を添えて入り口に導く。

ぐ、と体の中に収めていく。ああ快感で意識が飛びそう……。

奥を広げながらまた硬く熱い塊が入ってくる。

「はあああっ……」

自分の体重がかかると思っていたより深いところまでルークが潜り込んできて、体が押し上げられるような気持になった。

今まで感じたことのないほどの快感……。

「き、気持ちい……、ル、ルークッ……ううっ」

「僕も気持ちいい、すごいよ、持っていかれそうっ」

「ハア、ハアッ……ん、んあっ」

ぱちゅん、ぱちゅんと出し入れするたびに結合部から音がする。

ルークの大きな手が私の腰に伸びて、体を揺らしてくる。

過ぎる快感に、中をしめつけると、ルークが『ぐうっ』と唸《うな》った。

「リペア、いくよ……」

「ふあっ……、あ、あうっ」

そこからはズンズンとルークが下から突き上げてきて、私の体が大きく上下に揺れる。

耐えきれなくて体を倒すとルークと繋がったままキスをした。

唾液を奪い合うようにキスをしている間もルークが胸をいじってくる。

もう、色々な刺激に体がとろけてしまってどうにかなりそうだった。

「んく……」

顔を離すとルークの興奮した顔と、赤い舌が艶めかしく見えた。

「エッチなリペアも可愛い……」

「かはっ……あうぅっ」

ルークも欲情した顔をしている。みとれているとお尻を掴まれて、より深くズン、と突かれた。衝撃に肘をついてしまった私の耳元でルークが囁く。

「このまま、激しくするね」

その言葉に期待した私の肉壁が潜り込んでいるルークを締め付ける。

「はは……喜んで締め付けてくる……可愛いっ」

「ん、んんっ」

ズチャ、ズチャと出し入れされて、体がバラバラになりそうなくらいの快感が私を襲った。

「ふあっ、ルークッ、ルークッ」

「リペア、イクよ？　いい？」

「イって、ルーク、あああっ」

駆け抜ける快感……今までないくらいの絶頂に達して……。

ルークが私の中で弾《はじ》けるのがわかって、ありえないくらいの幸福感と気持ちよさを味わった。

……。

……これ
……いったいどういうこと。

過ぎ行く快感に体の力を抜いて、幸福を味わいながらボーっとしてしまう……。

実はあの時、私が素直に快感に身をゆだねていたらこんなに気持ちよかったってことなのだろうか？　気持ちを落ち着かせていると、ルークが頬にキスしてきた。

「怖いくらい気持ちよかった」

「……う、うん」

甘い、ルークの声にボーっとしてしまう。

「よかった……。リペアが痛くなくて」

「う、うん……あの、ル、ルーク……」

ちゃく……ちゃく……

「なに？」

「指が……また……それに、まさか……」

「ん？　中に出しちゃったこと？　しょうがないよ、リペアが締め付けて、離してくれないんだから」

「んーっ」

「たくさん出したから、掻き出さないとね」

ちゃく、ちゃく、ちゃく……

「そんなっ、まって、私、イッったところでっ、やあんっ」

「掻き出してるだけなのに、感じちゃうの？　エッチ……」

「え、そ……はあっ」

ルークの白濁を掻き出されながら、乳首を吸われると、体がビクビクと震える。

まるで子宮が繋がっているかのように、落ち着いていた感覚がまた快感を求める。

「もう一度、埋めてあげるね」

「ル、ルークゥッ……！」

「忘れちゃダメだよ、リペアは全部、僕のものだから」

ズン、とまたルークが最奥を刺激する。

「深いぃ……」

「さあ、しっかり覚えてね、リペア、僕の形を」

カリッ、と少し強く乳首を噛まれて、ルークの分身を中で締め付ける。

それに気づいたルークがふ、と妖艶に笑うと腰を揺らし始めた。

「ああ、ふうううっ」

ルークが中で出したものと、私から湧き出た愛液で聞いたこともないくらいの大きな水音が響いた。

私が乱れるのをルークが興奮した顔で見ている。

まるで、食べられているみたい……。

何度も快感の渦に巻き込まれながら、ルークを受け入れた。

信じられないくらいの快感を伴って……。


つ、突かれた……じゃない、疲れた。

目を覚ますと時計の針はまだ夜明け前を差していた。

時戻りしてどうしてこんなことになったのか、さっぱりわけがわからなかった。

……どうしよう。

……どうしよう。

時戻りしたら、もうすでにルークと結ばれた後で、気が付いたらまた散々エッチしてしまった。

それが、怖いくらい気持ちいいとか。

しかも何度も中で受け入れてしまっている。

どうしてこうなるのよ！

告白前に戻って、何もなかったことにできるはずだったのに！

また、散々やっちゃったなんて！

取り返しがつかないよぉ！

こうなったら、なんとかルークを説得して駆け落ちを回避して屋敷に戻らないと。

母の顔を見ないことには安心できない。

二人で戻れば屋敷を抜け出したことは誰にもバレない。

隣で眠るルークの腕からどうにかこうにか出ようとすると腕が締まる。

まるで私が逃げてしまわないように捕まえているかのようだ。

「ルーク、シャワー浴びてくる」

「ん……」

黙ってルークの腕から抜け出すことを諦めて声をかけた。

するとあんなに拘束していた腕があっさりと離れていく。

これは、黙って抜け出すのはダメだから、ちゃんと声を掛けて行けってことなの？

ベッドを下りると歩くたびにルークが中で放ったものがトロリと出てきて、もう、恥ずかしいやら、なんやらで、やっとのことでシャワーを浴びた。

こんなにしちゃうなんて、どうかしてる。

だいたい、赤ちゃんができたらどうするの？

前は中に出したりしなかったのに！

時戻りしたことでなにか変わってきている？

もしかして私がルークのことを前より好きだからなのかな。

それで前回より、あんなに乱れに乱れて感じてしまったのかな。

そしたら、それに便乗したルークが……余計に……。

とにかく、落ち着かなきゃ。ボタンを留めてドレスを着る。

頬を叩いて気合を入れて部屋に戻るとベッドで寝ていたルークが目を擦りながら起きた。

か、可愛い……じゃない、そうじゃない！

「リペア、起き上がって大丈夫？　ちょっと無理させちゃったね」

ルークはそのままベッドから出て立ち上がった。

ちょ、は、は、裸、裸！

ボン、と顔が熱くなるのを感じる。

「僕もシャワー浴びてくるよ」

「う、うん……」

もー、やだ、引き締まったお尻見ちゃった……。

前回はこのまま眠って朝になってから出発した。

私が抜け出したのを見つからないようにするためには今のうちに屋敷に戻らないと。

シャワーから戻ってきたルークはちゃんと服を着こんでいた。

「あの……ルーク、私、屋敷に戻るわ」

「……屋敷に戻る？　せっかく逃げてきたのに。そんなことしたら縁談を強引に進められるよ？」

「今夜のことは、なかったことにしましょう」

「リペア……本気で言っているの？」

「縁談はなんとか断る。私は平民になって暮らしてもいいの。お母様がリンドバーグ伯爵に愛想をつかしているなら、一緒に暮らそうと提案するわ」

こんなことなら時戻り前に辺境伯の弱点でも見つけておけばよかった。でも背に腹は代えられない。

「母さん？……ああ、そうか。それで。わかった。確かに母さんのことは僕も気がかりだったんだ。二人で屋敷に戻ろう」

「う、うん」

私を見張っていたメイドのサラの睡眠薬はお昼くらいまで効くはず。

ルークもなんとか納得して駆け落ちを止めてくれたし、今後のことはもう一度考えよう。

逃げるチャンスは失ったのかもしれないけれど、それが母の不幸の上にあるものではいけない。

屋敷に戻る時は馬を借りた。

ルークが『ちょっと走ってきた』と言って門番に馬を預けて裏門から入って、私をこっそり引き入れてくれた。

ベランダから部屋に戻ると、荷物を入れた鞄はベッドの下に隠した。

ルークと結ばれたことはなかったことにはできなかったけれど、これでルークはロマノ国から離れることはないだろうし、見張っていれば母も亡くならなくて済む。

後はどうやってエステル＝ボヤージェ辺境伯から逃げるかを考えればいい。

伯爵は絶対に私を嫁がせようにするに違いない。

「ところで、逃げるのを止めて、リペアはどうするつもりなの？」

私の方に向き合ったルークがそんなことを言いだして困ってしまう。

「婚約を破棄できないか伯爵に掛け合うわ」

「父は絶対に許さないだろうね。もう出資金は受け取っているんだ」

「う……」

「簡単なのは僕と関係を持ったって公表すればいい。エステル＝ボヤージェはリペアが清らかでないと知ったら本妻にはしないだろう。そういう男だから」

「ルークに迷惑をかけられないよ。それで辺境伯が私を諦めるなら、どこかの誰かと関係を持ったって言うわ。今夜のことは……黙っていれば誰も気づかないから」

「僕に好きだって告白して、愛しあったことをなかったことにできると思っているの？」

「それは……」

「まあ、いいよ。駆け落ちが最善の策だと思っていたけれど、今はそうは思わないから」

「ルーク……わかってくれたのね」

「リペア、僕はリンドバーグを継ぐよ」

「うん。それがいいよ」

こんなにすんなりルークが納得するのは拍子抜けだけど……。

本当はちょっとショックだけど、でも、仕方がない。

「じゃあね、リペア」

「う、うん。気を付けて」

バルコニーからルークが木を伝って下りて行く。

あっさり暗闇に消えて行ったルークに胸にぽっかり穴が空《あ》いたような気持ちになった。

一度は夫婦になれたもの、それだけで十分。

一晩関係をもったこともきっと時間が経《た》てば忘れられるわ。

明日、母が帰ってきたら無事を確認して、側にいることにしよう。

母はずっと私たちのためにリンドバーグ家で頑張ってきたのだから……。

とにかくルークが納得して屋敷に戻ってくれてよかった。これから先のことを考えると頭が痛いし、どうしたらいいかなんてさっぱりわからない。けれど、エステル＝ボヤージェ辺境伯とは結婚したくない。なんとか辺境伯に嫌われようと誓った。


「リペア……どうして？　もしかして、何かあったのね……」

「お母様！」

朝起きると見張りのサラが部屋の前でウトウトしていた。

どうやら私とルークが抜け出したのは全く気づいていないようだった。

午前中に屋敷に戻ってきた母は、抱き着く私を不思議そうにしていた。

リンドバーグ伯爵は用事があって（ボヤージェ辺境伯に会いに行っているようだ）帰りは夜になるらしい。

「落ち着いて、リペア、こっちにいらっしゃい」

母はキョロキョロと見張られていないか確認してから私を部屋に通してくれた。

そして不安で抱き着いて離れない私をなだめながらお茶をいれてくれた。

「何があったの？　私はルークからあなたと駆け落ちするって聞いて無理やり伯爵を屋敷から連れ出したのだけど」

「すみません……時戻りを使いました」

「まさか、駆け落ちが上手く行かなかったってこと？」

「駆け落ちは上手く行きました。でも……」

母の顔を見たら、安心して涙が止まらなかった。

やっぱり駆け落ちなんて迷惑をかけることをしてはいけなかった。

私は泣きじゃくりながら、これまでの経緯を母に話した。

も、もちろん初体験して、散々エッチしてしまったことは言えないけれど。

「そう……私にために時戻りをしてくれたのね」

「でも、おかしいのです。私は確かにルークに告白する前に戻るように魔法陣を描いたのに。きっとあの時、ルークの足が魔法陣を消してしまったのかも……」

よくよく思い出しても原因は上着をかけていたルークが魔法陣を踏んでしまっていたことしか思い当たることはなかった。

「何らかの事情があって座標がずれてしまったのかもしれないわね。でも、まあ、ルークに告白できてよかったんじゃない？　あなたに恋するルークは見ていてかわいそうだったもの」

「お母様はいつからルークに協力していたのですか？」

「いつからって、ずっとルークはあなたと結婚するんだって頑張っていたから」

「そ、それは小さい頃の話ですよね」

「何言ってるのよ。パーティのパートナーだって誰にも譲らなかったでしょ？　アカデミーで最優秀の成績を残したのだって、元はといえば、休暇にリンドバーグ家に戻ってリペアに会うためじゃないの。わかってないのはリペア、あなただけよ」

「そんな……そこまで」

小さい頃から好きだったとは言われたけれど、母が後押ししていたとは。

「ルークに告白して両思いになったのなら、告白をなかったことにするなんてルークがするわけないわよ？」

「でも、ルークがしてきた努力がこのままだと……」

「無駄なことは考えずにルークに愛されるべきね。ルークがリンドバーグ家を継ぐと言うなら、そうするでしょう。私もリペアの気持ちは無駄にしない。あの人と離婚話で揉めても屋敷を追い出されても、私は死んだりしないからリペアはルークと幸せになったらいいのよ？」

「でも、お母様……」

「前もって気を付けていれば同じことにならないわ。胸に鉄板でも入れておこうかしら。ありがとう、優しい私のリペア」

ギュッと母を抱きしめた。

新聞には死因まで書いていなかったので、なにを防げばいいかわからない。

なんとか母とこの家を出て生活して行ける方法はないだろうか。

よしよしと母に頭を撫でてもらっても、不安な気持ちを落ち着かせることはできなかった。


夕方、リンドバーグ伯爵にいつもは招待されない夕食の食卓に呼ばれた。

悪い予感しかしない。

「ルークの婚約発表のパーティを開催する。クレア、リンドバーグの家名に恥じないよう準備しろ。招待客はリストを渡しておく。同時にリペアの婚約も発表するが、そっちは簡単でいい。ボヤージェ辺境伯はそのままリペアを領地に連れて行くそうだから準備をしておけ」

開口一番、伯爵がそう言った。

誰も異議を唱えず、食卓は静まり返っていた。

私はルークがどんな顔をしているのか気になって、そちらをちらりと見た。

ニヤリ……。

え、どうして笑ってるの？

不思議に思って母の方を見てもこちらも平然とした顔をしていた。

「招待客はリストの他は私が独断でご案内してもよろしいですか？」

「いいぞ。客は多い方がいい。ルークのアカデミー仲間も誘うといい」

母が淡々と確認している。伯爵は話がスムーズに進んで行くのに気分がいいようだ。

それに水を差したのはルークだった。

「婚約の発表は必要ありません。赤っ恥をかきたければ止めませんが」

「ルーク？　何を言ってる」

「何度も言っていますがレストン嬢とは婚約しません」

「それはお前が決めることじゃないと言っているだろう！」

腹を立てた伯爵はナイフをテーブルに叩きつけた。

ガシャン、と音が鳴ってテーブルが揺れた。

私たちが子供の頃はこれがどれだけ怖かったか。

「もう僕はなにも知らない子供ではありませんよ、父さん」

ルークはなにも気にせずにナイフでぶすりとステーキを刺した。

「実はたくさん大人の階段を登ってきたのです」

ん？　……なにをいい出すのだろうか。

ちょっとまって、たくさん登った？？

まさか、あのことじゃないよね？

わたしと二人で大人になっちゃったってことじゃないよね？

青ざめてルークを見ると楽しそうにこちらをみて舌で唇を舐めた。

「リペアはもちろん知っているだろうけど」

「ひいっ」

や、止めて、なにを言うつもり？

「十八歳になりましたからね。いきなりの婚約よりアカデミーの卒業と成人したことを祝ってほしいですね」

「そ、そういうことか。そうだな。確かに順番が逆だな、レストン家との縁談を早く公表したくて焦ってしまった」

「焦ってはいいことがありませんよ」

静かにルークが言うと、伯爵はしばし黙った。

十八歳の息子に威圧されている。

伯爵が黙り込む姿を見られるとは思わなかった。

……ハ、ハラハラしたぁ……。

フーと息を吐いていたらルークと目があってしまう。

……彼の唇が『後で』と動いた。

なんだかルークに以前にはなかった余裕を感じてしまう。

前は不安げな感じもあったのに。なんというか行動が自信に満ち溢れていて大胆になった。

部屋に戻るとコンコンと窓が叩かれる。

こんなところから現れるのはルークしかいない。

「ルーク」

バルコニーに出るとルークが抱き着いてきた。

「ちょっ……んんーっ」

そして情熱的なキスをされてしまう。

「リペア、会いたかったよ」

「さっき会ったばかりじゃない」

強引なルークの行動に驚く。

やっぱり両思いになると自信が出てくるのかな。

「でも、こうやって触れたりできないじゃないか」

「そうだけど……って、違う。触れたりは、なしでしょ」

「どうして？」

「だから、あの、告白はなかったたってことに……」

「あんなに乱れて、僕を受け入れたのに、なかったこと？　正気なの？」

私のことをアホの子みたいに言った！

あれ？　だって、そういうふうに納得したのでは？

「なかったことにして、屋敷に帰るって……」

「母さんが心配だから屋敷に帰ることにしただけでしょ」

「え？　そ、そういうこと？」

「告白も、愛の営みもなかったことにするなんて酷いよ。自分は散々僕に欲しい欲しいってねだっておいて」

「そ、そんなこと」

「言ったよね、入れてって」

「あ、あの……ルーク、手が胸に」

「なに？　もっと？」

「あっ、ダメッ、やあん」

ルークの手が私の服の中に入って、胸を掴んでくる。

揺らされて、指で刺激を与えられると乳首が硬くなって立ち上がってくる。

それに気を良くしてルークが服を捲り上げてきた。

「ね、このまま、いいよね？」

「そんな、ダメ。誰かに見つかったら……」

慌ててスカートを引き下げてもお尻の方をめくられてしまう。

「リペアが声を抑えればいい」

「そんなっ、ね、はああん」

下穿きに入ってきた手はすぐに私のぬかるんだ窪《くぼ》みにたどり着く。

「ダメとか言って、ダメじゃないじゃない。期待した？　溢れてる」

指で濡れていることを確認したルークの声は上機嫌だ。

その艶のある声を聞くだけで、体が熱くなる。

「リペアのベッド、行こうか」

「ダメ……」

「じゃあ、ここでする？」

「な、なにを言って……」

「手すりに手をついて」

「待ってっ」

「しーっ、リペア、バレちゃうよ」

「んんんっ」

下着を下ろして一気にルークが後ろから中に入ってくる。

いきなりのことに声を上げそうになって、慌てて片手で口を押えた。

こんな、大胆なことする子だった？　本当にルークなの？

ぱちゅん、と中を突く音がすると、膣を擦られる感覚と重なって、恥ずかしくてたまらない。

なのに、愛液は自分でわかるくらいに溢れてきた。

悔しいけど、ルークが揺れるたびに気持ちいい。

「もうすぐ片付けが終わって、厨房の使用人が戻ってくる時間だね」

ハアハアと手すりを持ちながら快楽に抗《あらが》っていると、耳元で囁かれて体が跳ねる。

「ば、バレちゃう！　ルーク、はな、離してぇっ」

「通りかかったときに見つかったら、僕たちのことバレちゃうね」

ぱちゅん、ぱちゅん、と水音が速くなる。そんな、バレたりしたら！

その時、向こうから人の話し声が聞こえてきた。

ぐりっ
「ふううっ」

ルークも人の気配に気づいているはずなのに、更に奥を突いてきた。

もう手すりを持ちながら口を押えないとイヤラシイ声が上がってしまう。

羞恥に体が熱くなる。

幸い歩いている使用人たちに上を向いている人はいなかった。

静かに、このまま……

ぱちゅん……

嘘、ダメだって。ルーク……！

「なにか、音が聞こえなかった？」

使用人の一人が気づいて声を上げた。まさか、どうしよう。

「え、なに？」

「……気のせいかな」

「そうじゃない？」

ぱちゅん、ぱちゅん……

「あ、ほら、聞こえた」

「え、聞こえないよ。なにいってるのよ、怖いからやめてよ」

「あれ？　聞こえたんだけどな」

音を探るような会話に緊張する。

しかしそれがよりいっそう、私の中にいるルークを感じてしまうことになってしまう。

ドクドクと心臓の音が大きく、ルークを熱い楔《くさび》のように感じる。

早く、通り過ぎて、そうしないと、私……！

ぐりぃっ
「かはああっ、くううんっ」

ズン、と最奥をルークが突いて、声が出た。

もう、ムリ、バレちゃう、やだ、も……。

だって、気持ちいい……。気持ちよくて……。

「ヤダってってたのにぃっ、ハアハア……ふううん、あっ、あっ」

「大丈夫、気づかれてないからっ」

パン、パン、パンと、打ち付ける音が早くなる。

見つかったらと思うと気が気じゃなくて涙がこぼれた。

「ヤダっ、ああっ、やあっ」

「リペア、一緒にイこうね、こんなに締め付けて、もう、イきそう、でしょ？」

「ヤッ……あああああぅっ‼」

絶対にイったりしないと思ったのに、ぐっと腰を押し付けられて、あっけなく達してしまった。

ルークも同時に私の中で弾けたようだ。

……ど、どういうつもりなの。

気持ちよさと、悔しい気持ちが入り乱れてしまう。

「ベッドに行こう」

「ルーク、中に出さないでって……」

せめて避妊をしてくれないと困る。

「ヤダ」

「えっ？」

「もう我慢しないことにしたんだ。僕はリペアしかいらない。他の女と婚約もしない」

「でも、リンドバーグ家を継ぐには……」

「約束して、リペア。僕がリンドバーグ家を継いで母さんが安全に暮らせることになったら、その時は僕と結婚して」

「だって、それは……」

「約束して」

「……わかった」

私だってそうなれば嬉しいけど。現実は難しいとわかってる。

そもそもリンドバーグ伯爵がそれを許すわけがない。

「それと、僕はリペアと結ばれたことを隠すつもりはないからね」

「ダメよ！　……それは内緒にして」

そんなことをしたら即刻屋敷から追い出されるのは目に見えている。

なのに、どうしてわかってくれないのよ。

「じゃあ、口止め料払って」

「口止め料⁉」

「体で払って。さ、ベッドに行こうね」

ルークがそう言って私の胸を服の上から指で押した。ちょっとまって、それって……？

「じゃあ、もう払ったじゃない！」

「物足りなかったら、口が滑るかも」

どうして、私が口止め料を？

そう思いはしても、今私たちの関係を公表されては困る。

困るのはルークも同じはずなのに！

見上げると意志の硬いルークの目と合った……これは絶対譲らないときの顔だ……。

「……避妊して、中には出さないで」

「駆け落ちはなくなったんだから、別にいいでしょ」

「い、いいでしょってなに！　結婚もしていないのに避妊は当たり前でしょう?」

「結婚はすぐしたいね。僕はリペアとの子供ならすぐにでも欲しいよ？　ここで育てたらいい」

あっけに取られていたら、ルークがふらふらしていた私の膝裏に腕を入れて抱きかかえた。

もう抵抗しても無駄のようだ。

そうして結局私はもう一度丹念にベッドの中で愛されてしまった。


「ああ、もうどうしてこうなったの……」

朝目覚めれば隣には美男子が……もちろんルークだけれど。

可愛い弟が、悪い大人になってしまった。口止め料を私の体で払えなんて……。

なんて悪い子なの。

しかも、避妊しないとか！　どこのクズよ！

絶対もうそんなことさせないんだから！

でも、恐ろしいのは始まってしまうと気持ちよくて拒めないこと。

そう、気持ちがいい。もう、どうしようもないくらいに。

ああ、そんな……。

まだ明けたばかりの朝日がルークの顔を照らす。

キラキラと光っていて、眩《まぶ》しい。

ダメ、好きだからっていうのも手伝って超カッコよく見えてしまう。

この唇が私の体を……あああっ！

と、とにかく、起こして部屋から出て行ってもらわないと見つかってしまう。

「ルーク……、ルーク、起きて」

「ん……リペア？　おはよう」

「お、おはよう」

ニコニコ笑うルークが尊い……。

いや、ダメダメ。

「もう少し寝てようよ……」

伸びてきたルークの腕をかわして、起き上がるとルークの体をもう一度揺する。

あ、二人とも裸だった！

これはまずいとシーツを自分の体に巻き付けるとルークの体が露わになってしまう。

明るいところで見ると……なんていい体なの。

はっ、ダメダメ！

下に落ちていた服を着こんでルークをもう一度揺すると、しばらくしてクスクスとルークが笑った。

「起きてるの？　ルーク、ね、自分の部屋に戻らないと」

「わかったよ、リペア」

起こして、と手を広げたルークに手を伸ばせば、抱き寄せられた。

す、素肌が！

「ルーク！」

ちゅっ。

おでこにキスされて、怒ろうと思ったら素早くルークが起き上がった。

だから、裸！

くるりとルークを見ないように背中を向けるとクスクスとまたルークが笑ったのがわかった。

絶対からかわれている。私の方が年上なのに！　お姉さんなのに！

「また、後でね、リペア」

振り向くとルークは着替えていて、バルコニーに向かっていた。

追いかけるとするりとバルコニーを下りていった後で、こちらを見て手を振ってから本邸に戻って行った。

「もう、本当に困った子なんだから」

そうつぶやいても、すでに姉と弟の立場が逆転してしまったように感じて悔しかった。

いつからこんなことに、と頭を抱える。

それからは口止め料を結構な頻度で払わされた。

どこの高利貸しかと疑うレベルである。

支払いが滞っていないからか、ルークが伯爵に私たちの関係をバラすことはなかった。

でもあの日からルークは毎晩私の部屋にきて、朝自分の部屋に戻っている。

こんなことを続けていたら、いずれバレてしまうだろう。

と、いうか、ルークってあんなにエッチだったの？

毎晩、かなりの頻度で……。

これからどうなってしまうのだろうか。

結婚を回避するために伯爵に行きずりの人と関係を持ったと言おうかと思ったが、ルークがそうしたら自分が相手だとバラすと言い出した。

どっちみちサラが見張っているのにどうやって行きずりの男を探せるというのだと言われるし……。やっとのことでルークとの関係を隠しているのにこの手は使えない。

でもだからと言って結婚話が自然消滅する訳もない。

これは母に相談するしかない……。

そうして私は母と接触するための機会を待っていた。

けれどもそれより先に予想外な訪問者がやってきたのだった。

朝から伯爵は予定があるとそそくさと出かけた。

最近伯爵は出かけることが多い。

夜の外出が多いが、今日のように朝から出かけることもある。

その日は伯爵とすれ違うように門の前に黒光りの馬車が止まった。

「リペアを迎えにきました」

そう言ってやってきたのはボヤージェ辺境伯である。

パーティまでまだ日もあるというのに、私を迎えにきたというのだ。

母がひとまず辺境伯を応接室に通して対応してくれた。

「リペア様、ご用意なさいませ！」

サラは部屋に飛んでくると、私を急かした。

「そんなことを言われても、なにも聞いていないのに用意ができてません」

本当はベッドの下にいつでも逃げ出せるために準備した鞄はあったけど、辺境伯のためにそれを持ち出していくつもりはない。

断固拒否で！

「すぐに鞄に詰めればいいのです！　早くなさい！」

いつもサラは高圧的だ。どうしてこの人は昔から偉そうなのだろうか。

「伯爵の留守にくるなんて非常識ですし、ましてすぐに私を連れて行くなんて横暴ではありませんか？」

「リンドバーグ家の居候のくせに、つべこべ言わずに用意しなさい！」

酷い言われように言葉も出ないでいるとルークがやってきてくれた。

「一介のメイドのお前にそんなことを言う権利などないだろう？」

ルークが庇うように間に入ってくれる。

サラはそれにも我慢ならない様子だった。

「わ、私は伯爵に言付かっているのです。ボヤージェ辺境伯様がいらしたら、リペア様を引き渡すようにと」

「いま、父がいない屋敷を守るのはリンドバーグ伯爵夫人だろう！」

「ぐっ」

「夫人が今、客人に応対している。お前は下がっているがいい」

ルークがそう言うとサラがキッ、と私たちを睨んでからその場を立ち去った。

「リペア、エステル＝ボヤージェには僕と母さんで対応するから」

「でも」

「いいから」

「ルーク、言い忘れていたけれど、辺境伯はお母様にも興味があるの」

「え、なんだって？」

「二人にしておけないわ！」

「わかった。僕が行くよ。リペアは部屋で待っていて」

ルークは私を部屋に残して急いで本館へと向かった。

あの辺境伯のことだ、母を口説いているかもしれない。

まだパーティまで時間があるとすっかり油断していた。

このまま辺境伯に連れられて行きたくない。

ハラハラして待っているとしばらくしてドアがノックされた。

「ルーク！　どうだった？」

ドアを勢い良く開けると、そこに立っていたのはボヤージェ辺境伯だった。

ガンッ。

急いでドアを閉めようとすると辺境伯が足を入れてそれを阻止してきた。

「大人しい子猫かと思っていたら、こんなに抵抗をするのですね」

部屋に入れないように頑張っても、辺境伯の力には及ばなかった。

「キャッ」

「私だって、こんな誘拐みたいなマネはしたくなかったのですが、リペアが素直に用意をしてきてくれないから仕方がないじゃないですか」

軽々と部屋に侵入してきた辺境伯に捕まりそうになって、クッションを投げたが軽くかわされてしまう。

「ははっ、逃げ回る姿は野兎《のうさぎ》のようですね」

「こんなのは、あんまりです！　ちゃんと手順を踏むべきではないのですか？」

「出資金も渡しているのにのらりくらりとリンドバーグ伯爵があなたを寄こさないから、しびれを切らしてきたのではないですか。母にも早く花嫁を連れてこいとせっつかれて困っているのです。さあ、担がれたくなければ、大人しく荷物を用意して付いてきなさい」

「嫌です！」

「なにがそんなに嫌だというのです。少々歳は離れているが、私は容姿もいいし、金持ちだというのに」

なにもかも全部嫌で身の毛もよだつとはどう伝えたらいいのだろうか。

辺境伯の後ろにサラの姿が見て取れる。

きっと辺境伯をここに案内したのだろう。

伯爵が留守だというのにどうしてここまで忠実に伯爵の言いつけ通りにするのか意味がわからない。

「伯爵からはパーティで私を迎えにくると聞いておりました。用意一つできていないのに酷いです」

「パーティまでに、と聞いただけです。早まったって困らないでしょう」

「私は一度も辺境伯との結婚を承諾した覚えはありませんよ！」

「あなたの父親と約束したのですよ？　そんなものは必要ないでしょう」

「なっ……あ、あの人は父親ではありません！」

とうとう壁に追い込まれて腕を掴まれてしまった。

すると私の襟元を見た辺境伯が真っ赤な顔をして怒り出した。

「なんだ、これは？」

「やめてっ！」

辺境伯が私の襟元を掴んでボタンが飛んだ。

首から胸元が露わになって、更に彼は激高した。

「くそっ！　生娘《きむすめ》じゃないのか！」

「え……」

胸元を見ると赤い跡がついていた。

これは……ルークが肌を吸った跡……。

「騙したのか？　相手は誰だ！　俺というものがありながら……何も知らない生娘だからと結婚相手に決めたのに！　ちゃんと見張って管理しているっていうは嘘だったのか！」

怒鳴り上げる辺境伯に震えているとドカリ、と音がして視界が明るくなった。

見ると辺境伯は突き飛ばされたようで膝をついていた。

いつのまにかそこには今まで見たことのない冷徹な顔をしたルークが立っていた。

「そもそも、リペアはあなたと結婚の約束などしていない。リンドバーグ家の保護下にあっても、その身を父がどうこうする権利はない。何度説明したらわかってもらえるのですか？」

「この、若造が！」

「父があなたにいくら融通してもらったのか知りませんが、リペアがリンドバーグの名を名乗っていないことは屋敷の誰もが知っている事実です。ねえ、サラ」

「うっ……」

ルークが私を見て黙って上着をかけてくれる。

怖くて思わずルークの袖を掴んでしまうと、優しくルークが腕をさすってくれた。

「そうか……相手はお前なんだな。はっ、本当に姉弟でできていたのか」

怒りからか、荒い口調になった辺境伯が吐き捨てるように言った。

それを聞いてサラが私とルークを見比べて困惑している。

見張っていたのに、とでも思っていそうだ。

「姉弟のように育ちましたが、姉弟ではありません」

「馬鹿にしやがって！」

「お帰りはあちらです」

「こんな屈辱は初めてだ！　この青二才が！　決闘だ！」

辺境伯はだんだんと足を鳴らして手袋を取るとそれをルークに投げつけた。

まさか、そんな！

落ちた手袋をルークが黙って拾う。待って、それでは決闘を受けたことになる！

「ルーク！」

「リペア、大丈夫だよ」

私をなだめるように言うが、辺境伯はその名の通り、国境の守りを司《つかさど》る王家からも信頼の厚い家門なのだ。軍事力はもちろん、当然自ら指揮を執ることもある。

家長は武に優れた者でないと務められない。

辺境伯を名乗るということは軍も率いることができる実力者なのだ。

いくらルークがアカデミーの成績がよかったとしても所詮は学生の領域、辺境伯の決闘を受けるなんて無謀すぎる。

「ダメよ、決闘なんて！　ボヤージェ辺境伯様、今すぐ用意して私が……」

そう言いかけたところでルークが私の手首を握った。

じっと私を見る目に何も言えなくなってしまう。

「ここで逃げたら、僕は明日から腑抜《ふぬ》けとして生きていくことになる」

「……だとしても」

ルークが殴られたり、酷い目に遭うのは嫌だ。

リンドバーグ伯爵が幼いルークに手を上げたことを思い出して体が震える。

「間男にはお灸《きゅう》をすえてやらないとな。骨の一、二本は覚悟しておけ。リペア、私が勝ったらお前のことを連れて行って奴隷のように扱ってやるからな」

ルークに体を大きく見せるように辺境伯が胸を張って言う。背は同じくらいでも体の大きさは辺境伯の方が大きい。

「その決闘、私が立会人になりましょう！」

ハラハラ見守る私の隣で、高らかに声を上げたのは母だった。

「それでは、双方には同じ剣を使用していただきます。剣先はつぶしてありますが、相手を死に至らしめるような行為は反則と見なします。お互いにジャケットを脱ぎ、他に武器がないか確認してください。先に流血した者の負けです」

母は辺境伯とルークを鍛錬場へ案内した。

屋内にある鍛錬場はあまり広くないので人の目にさらされることはなさそうだった。

けれど、決闘なんて！

「お母様、どうして止めてくれなかったのです？　こんな、二人の決闘を煽《あお》るような真似を」

「きっちりと決着をつけた方が、今後リペアが狙われることもないでしょう」

「だとしても、こんな……」

「リペア、黙ってルークを信じて。決闘を始めるわ」

ルークと辺境伯が短い剣を持って向かい合う。

母が立会人、証人として辺境伯のお供が二人と私、そして強引に入ってきたサラが後ろでそれを見守っていた。

ルークが剣を握る姿を見たのは幼い十一歳の頃、木刀を振っていたのが最後である。

女たらしでどうしようもなかったとしても、辺境伯は三十六歳の大人で、実戦をこなしてきた強者だ。到底ルークに勝ち目があるとは思えなかった。


「それでは、始め！」

母の声で二人がじりじりと距離を取りながら動き出した。

私は隣に戻ってきた母にまた小声で抗議した。

「こんなことなら私が辺境伯に連れて行かれたらよかったの。ルークが怪我でもしたら！　あっ！」

目の前で辺境伯が踏み込んでルークに剣を突き出した。

それをルークがギリギリ横にかわす。

見ていて、生きた心地がしない。

「リペア、大丈夫よ。ルークはあなたのために絶対に勝つわ。祈ってあげて」

「そんな楽観的な……」

大きな動きの辺境伯がブン、と腕を振り回している。

体つきだって、十代と三十代では全く違う。

こんな無茶な決闘を受けるなんて……。

手を胸で組み、祈るしかできない。

どうか、ルークが怪我をしませんように！

ブルブルと震えながら、ただルークを目で追っていると隣から母の声が聞こえた。

「あの、あのね……」

「お母様、やっぱり、二人を止めます！　私、辺境伯に……？」

私が訴えると母がゆっくりと首を振った。

どうしてこんなに落ち着いていられるのだろう。

いつもなら一緒にルークのことを心配するだろうに。

「はあ……あのね、リペアがそんなに青い顔して心配する必要ないの。ルークは剣術も優秀でアカデミーを一番で卒業しているから」

「そんなこと、私だって知ってます。でも、辺境伯ですよ？　実戦の経験がある大人とアカデミーを卒業したてのルークでは実力が違います！」

「リペア……私、あれからボヤージュ辺境伯のことを調べたのだけど、実はね、辺境伯は、辺境伯じゃなかったの。このことはルークにも伝えたからもちろん知ってるわ」

「え？」

「ボヤージュ辺境伯と名乗っていたけど、本物の辺境伯は長男のロナウド様で、もちろんご結婚されていてお子さんもいるわ」

「ええ？」

「あの人、屋敷にきてもすぐ帰ったり、変だったでしょう？　正体がバレないようにしていたみたいよ」

「そういえばいつもすぐ居なくなっていました……」

「虎《とら》の威《い》を借りる狐《きつね》ってこのことよね。エステル様は弟で三男。気の小ささから軍にも入らなかった問題児……あっ、これは勝負あったわね」

カラン……。

辺境伯の剣がルークの剣に弾き飛ばされて飛んだ。

同時に辺境伯の頬が軽く切れたようで少しだけ出血していた。

「ルークの勝ちです」

呆然《ぼうぜん》としている辺境伯がその声で自分の護衛に視線を合わした。

そして、頬を確認すると自分が流血したことを知った。

「そんな……こんなアカデミーを卒業したばかりの奴に負けるなんて……」

「お約束ですから、大人しくお帰りください」

「くそっ！」

よく見ると辺境伯の足元はふらふらとしている……え、本当に、三男の……問題児……⁇

「モタモタしていると辺境伯と名乗ったことを当主様にお伝えしてもいいのですよ？　辺境伯の弟のエステル＝ボヤージェ様」

ルークが去り行く背中に冷ややかに言うと、振り向いた辺境伯の顔は真っ青だった。

「し、知っていたのか⁉」

「なにをですか？　あなたが辺境伯を騙《かた》ってあちこちで女性に手を出していることを？」

「か、騙ってなどいない！　相手が勝手に勘違いするだけだ」

「なにを今更。周りが勘違いするよう毎回仕向けていたじゃないですか。ご自分の女性問題の後始末をさせるためにリペアと結婚するつもりだったんでしょう」

「そ、そこまで知っているのか？」

「ああ、他には私生児が三人いることも知ってます」

「えええええっ」

思わず母と声を合わせて驚いてしまった。

この人にもう三人も子供がいるって？

「私生児の方はご当主から結婚祝いに手切れ金を用意してもらっていたそうじゃないですか」

「そ、そうだ！　その金をリンドバーグ伯爵に渡したんだぞ、何倍にもして返すと言われたんだ！

娘は担保なのだから渡せ」

「はあ。決闘にも負けたのに……。あなたの夢を壊すようで申し訳ありませんが、父はそのお金を返したりしません。配当金なんて発生しないのです。あなたのお金は父の借金の補填《ほてん》に回っています。騙されましたね」

「う、嘘だ！　俺は確かに土地を買い占めるだけで金持ちになれると言われて」

「その話、嘘なんです」

「だ、騙されないぞ」

「実は僕はダイズレイド国の第六王子に懇意にしていただいてまして、商売をしていて金持ちなんです。王子の名を取ったカジュール商会をご存じですか？」

「ま、まさか、あの今飛ぶ鳥を落とす勢いだという貿易商か？」

「ええ。金輪際リペアの前に姿を現さないと誓うなら僕が元金全額をお返しいたしましょう」

「お前の父親の事業は本当に……」

「僕は関与していませんが、父の事業は空想の産物です。なんならご自分で裏を取ってみてはいかがですか？」

「いや……ちょっと、おかしいと思っていたことがあったんだ。金を返してくれるのが本当なら、リペアからは手を引こう」

「納得してもらえてよかったです」

ルークはにっこり笑った。お金持ちだったことは時戻り前の生活で知っているけど……私のためにお金を返してくれるんだ。

この場合、辺境伯……じゃないエステル様に借金するより、ルークにした方がいい。

あれ？　でもこの借金はリンドバーグ伯爵のものじゃない。

担保にされてるけど、私は関係ない。

なんだかよくわからないまま話は終わり、ハラハラした決闘も決着がついて、やっと安心して息をつけた。

「リペア、心配した？」

「……うん」

「僕、かっこよかったでしょ？」

私が何も言えないでいるとルークが頭の上にちょんとキスをした。

辺境伯だと思っていたからあんなに不安だったのに。


母とルークは私が心配することをわかっていたのに黙っていたのだ。

確かに戦うルークはかっこよかったけれど、知らされなかった悔しさにそれを教えてあげることはしたくない。

「サラに見られてしまうでしょ！」

焦って見回せば、サラは前を行くエステル様に気を取られていた。

確信犯！　いつからこんなに大胆になったのだろうか。

いや……あの夜からか。

「……でも、ルーク、リンドバーグ伯爵の事業が空想の産物っていうのはどういうこと？　その、リペアを奪い返すための方便よね？　今投資したら莫大《ばくだい》なお金に代わるって最近あちこち走り回って資金を集めているのに」

くるりと母が振り向いてルークに聞いた。

ルークはそれに少しだけ考えてから『あんまりいい事業じゃないとだけ伝えておくよ』と答えた。

そうして帰って行ったエステルを三人で見送った。


「しかし今日エステル＝ボヤージェを追い返したことがバレたらまずいな。父が知ったらリペアに次の結婚相手を探すように言い出すに決まってる」

「あっ、サラはどこへ行ったの？」

「他の使用人は口止めできても、サラは……」

「そうね、私も決着をつける時がきたわ。私がサラと話をする」

そこで母が声を上げた。なにか、決心した顔だった。

「決着？」

「リペア、あのね、サラはリンドバーグ伯爵の幼馴染《おさななじみ》で、愛人なの」

「え……？」

「伯爵はずっとサラと浮気をしているのよ」

お母様の告白に驚いてルークを見ると頷いている。ルークも知っていたようだ。

すう、と息を吸い込んで母が話を続けた。

「ルークのお母様と結婚するずっと前からの関係よ。だから私は二人が成人したら、リンドバーグ伯爵とは離婚するつもりだったの。騒ぎ立てるつもりもなかったし、このまま黙って出て行くつもりだったわ。でも、そうもいかないようね」

「そんなに前から？」

「再婚して、屋敷に慣れた頃にはもう二人の関係がわかったわ。まあ、サラの態度があからさまだったってことが大きいけれどね」

「だからあんなに嫌な態度を」

「きっとルークのお母様が亡くなって、サラは伯爵を独り占めできると思っていたのよ。でも実際は子持ちの未亡人を妻に迎えた。悔しくてしかたなかったのでしょうね」

「伯爵はサラとの関係を隠していたのですか？」

「リンドバーグ伯爵家はルークのお母様のご実家の侯爵家の支援がないとやっていけないの。溺愛していた娘の夫が実は愛人を作って裏切っていたなんて知ったら、援助は打ち切られるでしょうね」

「それならお母様には教えても良かったのに」

「伯爵はルークを手元に置いておくために養育する母親が欲しくて、私たちは子供を作らないと契約した白い結婚だった。でもね、何度か誘われたことはあるわ。断ったけれど」

「ええ……」

「あわよくば、って思っているのよ。そんな気持ちをサラが感じ取って警戒していたんじゃないかしら。伯爵はサラ一筋でいる気なんて少しもないの。それなのにスパイみたいなマネまでしてそんな男に尽くしている、ある意味憐《あわ》れな人よ」

確かに伯爵は端正な顔立ちだ。でも、その顔には性格の悪さがにじみ出ている。似ていてもルークとは大違いだ。

「そんな伯爵に忠実なサラをどうやって説得するのです？」

「簡単よ。黙ってくれるなら離婚するって言うわ」

「でも、離婚したとしても伯爵はサラとは結婚しないのですよね」

「そうだろうけど、煙たい女がいなくなればそれでいいのじゃないかしら。伯爵がその後にどうしようと私には関係ないことだもの」

「ルークはどう思う？」

そこで、黙って聞いていたルークに尋ねた。

「いいと思うよ。僕も成人したし、サラは父とようやく結婚できると思うだろうから。それと、パーティで僕も決着をつけるから、それまでエステル＝ボヤージェがリペアを諦めて逃げ帰ったことを口止めしてくれたらいい」

「わかったわ」

そうして母はサラに自分の離婚と引き換えに私とルークの仲、そしてエステルとは破談になったことを黙っていることを約束させた。

何も知らないサラは今度こそ自分が伯爵と結婚できると期待していたらしい。

パーティの日まで黙っていてくれと頼んだので、彼女は私とルークがその日に駆け落ちでもすると思ったことだろう。


その夜もやっぱりルークは私の部屋にやってきた。

我が物顔で私のベッドのシーツに潜るのはいかがなものかと思う。

当然のように私を後から抱えるように包み込んできた。

「決闘なんて……二度としないで」

「僕にもプライドというものがあってね？　大切な人のためには戦わなくてはならない時もあるのさ」

「でも、ルークに何かあったらと思ったら気が気じゃなかったわ」

「リペアが信じてくれたら、負けないよ」

「信じてるけどダメ……」

「心配性だな」

ちゅっと頭の上にキスされて誤魔化《ごまか》されてしまう。

本当にあんなことはもう嫌なのに。

「決闘したのが伯爵にバレてもいけないでしょう？　そういえば伯爵がサラと昔からそういう関係だったのをルークはいつから知っていたの？」

「はっきりといつ、というのは覚えてないけれど、偶《たま》に夜に父の部屋から出てきていたよ。あの人、昔から僕を嫌ってたからね。母の遺品もかなりサラが勝手に処分していたから。今思えば、父に結婚指輪を捨ててほしいと言ったのはサラだったのかもしれないな」

「大切な……ルークのお母様のものなのに」

「ねえ、リペア。僕が預けた指輪を出して」

「え？　う、うん」

ルークに言われて私は指輪を出してきた。そういえば、時戻り前にルークにもらった指輪だけど、今回はもらっていないのだった。

私ってば勘違いして自分のもののように思ってしまって、なんだか恥ずかしい。

しまっていた星の刺繍の入ったハンカチから指輪を出すとルークはそれをすぐに私にはめた。

「これは、リペアのものだ。僕は絶対にリペアを妻にするから」

いきなりそうしたルークにも驚いた。

あれ？　気にすることじゃないけれど、星の刺繍はスルーなんだ……前回は喜んでくれたのに。

「ルークは本当に私を選んでいいの？　このままあなたがリンドバーグ伯爵を簡単に継げるとは思えないわ」

「僕と愛し合っているのに、今更そんなことを言うの？」

「でも、きっと伯爵は激高するわ。お母様の無事が確認できたら……」

「そうしたら僕と別れるってこと？」

「わからないわ」

こんなにルークと深い関係になってしまって、もうどうしていいかわからない。

私がルークに差しだせるのは、愛しているという気持ちだけだ。

時戻りをして、告白をなかったことにするつもりだったのに、よりにもよって、初体験まで済ました後に戻ってしまった。

しかも、そのままさらに追加で体を重ねているなんて、取り返しがつかない。

「リペア、もう観念してよ。僕は君だけだ。サラと父のような関係がいいというの？」

「それはっ」

一途《いちず》に伯爵を愛して、愛人のままでずっと側にいるサラ。

そんな愛の形があるとしても、私はルークの隣で誰かが微笑んでいるのを見るのは耐えられそうにない。

「僕は父のようなズルい男にはなりたくないし、なるつもりもない。リペアだけを愛して、リペアと生涯を共にしたい」

「ルーク……」

でも、愛しているからこそルークに後悔する人生を送ってほしくない。

貿易商であれだけの利益を出せるルークは母方の侯爵の親戚の手を借りれば、もっと力のある貴族になるだろう。

きっとそれも見越して時戻り前にアリエルは私にルークをロマノ国に帰せと忠告したのだ。

この先、私と駆け落ちする未来は避けないといけない。

「パーティで決着がつくから。僕を信じて」

手を取ったルークが指輪をした指にキスをしてくる。

なにも考えずにルークの胸に飛び込みたい。

でも。

そのたびにあの日、激高した伯爵が私の脳裏に甦ってくる。

私は頬を打たれ、小さなルークは殴られていた。

大声を上げる伯爵が怖くて、私は壁に背を預けたまま体を震わせていた。

なにもできない自分のなさけなさに涙をこぼすしかなくて、目の前でルークは何度も殴られていた。

大切な、私の宝物。幼い弟を守れなかった。

——許さんぞ
——お前はリンドバーグの跡継ぎだ
——下賤《げせん》な女に溺れるなどあってはならん
——格の違いを自覚しろ
今思えば、伯爵は自分とサラに私たちを重ねて見て怒ったのかもしれない。

あの時の恐怖は今でも私の体を震えさせる。

私が伯爵のことが怖いのはこの時のことが忘れられないからだ。

二度とルークが辛い目に遭わないようにしようと心に誓った。

あのときの誓いはまだ胸の中にずっとある。

「リペア？」

泣き出した私をルークがあやすように抱きしめてくれる。

「私、ルークに幸せになってほしいの」

「うん」

「どうしたら、いいの……」

「君が側にいてくれたら、それでいいんだ。それが僕の幸せ」

でもこのままでは伯爵の怒りがまたルークに向けられてしまう。

私が首を横に振るとルークがいっそう私をぎゅっと抱きしめた。

「大丈夫だよ、リペア。大丈夫……」

あの事件の後、母になんとか融通してもらってルークにこっそり会いに行った。

ベッドの上で顔を腫らしながら同じように『大丈夫』と言ったことを、ルークは覚えているのだろうか……。

そうしてあやされながら私は眠りに落ちていった。

＊＊＊

次の日、起きると目がパンパンに腫れあがっていた。

うう。酷い顔。

とにかく前向きに色々と考えてみよう。

偽の辺境伯とは結婚しなくてよくなったのだから万々歳じゃない。

パーティまでにこのまま何も起きなければ母にも不幸は起きない。

とりあえずは母の様子を見て、伯爵に見つからないうちにここから逃げ出そう。

ルークは何もしなくていいと言っていたけれど、そういうわけにもいかない。

顔を洗って、ぬれタオルで目を冷やす。あんなに泣いたのは久しぶりだった。

ルークは明け方に部屋から出て行ったようだ。いきなり泣き出した私に呆れたに違いない。

「今日は何もする気になれない……」

しかしそんなことを言っていられる場合ではないのはわかっていた。

今後の身の振り方は考えておかないといけない。

ルークのことを信じないわけではないけれど、でも、いざというときに彼のお荷物になりたくない。

ダイズレイド国に行った時を思い出す。言葉ができなくて、完全にルークのお荷物だった。

あの時はいきなりの駆け落ちだったけれど、今は前もって準備もできる。

働き先を探しておくのもいいだろう。

母が離婚を約束するとサラの監視が急に緩くなった。

今のうちに街に出て情報収集するのもいいかもしれない。

コンコン

「リペア、本邸にきて」

色々考えていると母が呼びにきてくれた。

「本邸には私は出入り禁止ですよ？」

「今日は伯爵が留守だし、もうサラの監視もないわ。ドレスを仕立ててもらいましょう。今仕立て屋がきてるのよ」

「私のドレスですか？」

「パーティにドレスが必要でしょう？」

「前にルークが贈ってくれたものがあります」

「新調しましょう」

「でも……」

「ほら、サラの監視もなくて自由だわ！　今のうちよ、リペア」

「あの、お母様、そう思ってくださるのはとっても嬉しいですが、私、ルークが贈ってくれたドレスでルークと踊りたいのです」

「え？　でも、また同じドレスだって……馬鹿にされてしまうわよ？　伯爵はケチだけど、リンドバーグ家は貧乏ではないもの」

「馬鹿にされるなんて。ルークが私に贈ってくれた素敵なドレスですから」

時戻り前に駆け落ちした時は置いて行かなければならなかったけれど、大切なドレスだからもう一度着たい。私にはそれで十分だ。

「……わかったわ。では、ショールを新調しましょう。うーんと繊細なレースで上等なものよ。今まであなたのことで我慢していた分いっぱい買ってあげるんだから」

「お母様はちゃんと今後のことを考えてくださいね」

母と本邸に行って仕立て屋と打ち合わせしてレースのショールをお願いした。

母はそれだけでは引き下がらなくてそれでも数点、普段着用のドレスを頼んでくれた。

「リペア、街に行こう」

そうしてそれが終わると今度はルークが顔を出して、私を街に誘った。

「お母様もご一緒に」

「いいえ。あなたたち二人で楽しんでらっしゃい」

母は気を利かせて私たちを街に送り出してくれた。

二人で街に出かけるのは初めてなので嬉しくて、馬車の中では少し緊張してしまった。

「こうやってリペアとデートしたかったんだ」

ニコニコと笑うルークにドキリとしてしまう。

「う、うん」

私もこんな風にルークとデートしたかったけれど……こんなことしていて大丈夫なのかな。

そうして行きついたのは何か大きなお店だった。

「リペアがドレスは新調しないいって聞いて……」

「うん。前に貰《もら》ったドレスを改めてルークが贈ってくれたって思いながら着て……その、ファーストダンスをルークと踊りたいの」

「もちろんだよ。そんなふうに思ってくれて嬉しい。でも、いくらでも僕が贈るから新調したらよかったのに」

「ダメよ。もったいないし……なによりルークが選んでくれたものだから。あのデザインを気に入ってるの」

「……リペアらしいね。それなら、ネックレスとイヤリングはプレゼントさせてね」

「え？」

そう言ってルークが私を連れ立って入ったのは宝飾店だった。

「そんな、ルーク……」

「ここは僕が経営に参加してる宝飾店なんだ。だから、視察も兼ねて、ね？」

「う、うん」

「眺めて、つけてみるだけでも宣伝になるんだから」

「そうなのね」

そう言えばお店の名の下にカジュール商会のマークがついている。ルークのイメージである黒鷺のマークだ。

そうか、ダイズレイド国の商会はあれでも小さかったのだ。

広々としたお店はキラキラと輝いて見える。白を基調とした美しい内装だ。

以前は知りもしなかっただろう、壁紙のツタ模様が今ならダイズレイド国の紋章から由来しているものだとわかった。

「いらっしゃいませ……ルーク様！　今日はどんなご用事で？」

店員が挨拶すると奥から支配人らしい男の人が飛び出てきた。

「今日は僕の大切な人にネックレスとイヤリングを贈りたいんだ。僕の瞳の色で見繕ってほしい」

「かしこまりました！」

「ル、ルーク……」

瞳の色で、なんて恋人だと言っているようなものだ。

お店でそんなことを公言してしまうなんて……。

「支配人のダリルです。すぐにご用意させていただきます」

「よ、よろしくお願いします」

少し面食らっていた支配人だったが、すぐににっこりと私に笑いかけて接客を始めた。

「では、こちらに」

そうして数点見て会話してから奥の部屋に通された。

次々と持ってこられたのは私の好みを考慮したであろうルークの瞳の色の輝く宝石たち。

「こちらは希少価値の高いペルノエ山脈の……」

そしてさらに説明が恐ろしいものばかり出てきた。

要は目が飛び出そうな高価なものだってことで……。

「これも似合うと思うけれど、こっちはどうかな？」

親指くらい大きな宝石は私の胸元を飾るには高価すぎてしまう……。

戸惑う私にルークはつぎつぎと宝石を合せてくる。

「あの……」

「どれも似合うから全部買ってしまおう」

「いえ、でもっ」

「それともリペアが欲しいものを選ぶ？」

「え、選ぶわ！」

このままでは持ってきてもらった宝石全部買ってしまう勢いだった。

どのみち派手なものは苦手だから一番シンプルなものを選ぼう……。

数ある宝石を眺めて、一つだけ透き通るような水色のものを見つけた。

――これが一番ルークの瞳の色に似ている。

手に取って光に透かすとキラキラときらめいている。

涙型のアクアマリンの周りに小さなダイヤが囲んでいてシンプルで可愛い。

「それが気に入ったの？」

「はい」

「ではこれで。イヤリングとセットで屋敷に僕宛てに届けて」

「……ほお。さすがルーク様のお連れ様です。お目が高い」

「えっ」

聞いてはいけないような言葉を聞いて顔を上げるとルークが黙ってこちらを見て笑った。

これは、もうなにも言わない方がいいようだ。ルークの立場もあるだろう。

「支配人、あの……」

そこで焦ったようにお店のスタッフが入ってきてなにか支配人に耳打ちした。

「ルーク様、お忍びで代表がこられているようですが、いかがなさいますか？」

「代表が？　では挨拶もしたいのでここに通してもらえるかな？」

「では案内してまいります」

そそくさと支店長が部屋から出て行って迎えに行った。

『代表』というのはきっとカジュール＝レイ＝ダイズレイド王子に違いない。

私が会うのは二回目でも、王子は初めてである。変な動きをしないように気を付けないと。

「リペア、代表というのはここにも出資している親会社の代表で、僕のアカデミーでの親友なんだ。ダイズレイド国の第六王子でカジュールという」

「是非挨拶したいわ」

やっぱり、カジュール王子だ。

なるほど、駆け落ちしてダイズレイド国へ行かなければルークはロマノ国でそのまま働くことになっていたのか。

間もなく王子が入室してきた。

立ち上がって迎えると、カジュール王子の後ろには前に私に直談判《じかだんぱん》しにきたアリエルが付いてきて

いた。

また批判的なことを言われると思うと気が滅入《めい》ってしまう。

「おお、ルークが女性を連れているなんて珍しいこともあるんだな。私はカジュール＝レイ＝ダイズレイドだ。ルークとはアカデミーの同期で一番の親友だ。今は一緒に貿易商を営んでいる。一応私が代表と言うことになっているが、商会の方はルークに任せているんだ」

「私の名はリペア＝ハーヴェスと申します。よろしくお願いします。王子様」

「ああ、ここでは『代表』と呼んでくれ」

「はい、代表」

握手すると後ろからアリエルが出てきた。

「私もルークのアカデミーの同期でアリエル＝フランデールと申します。よろしくお願いします」

「お願いします」

間違いなく時戻り前は攻撃的だったアリエルだが、今回はなぜかニコニコとしていた。

駆け落ちしなかったらこうなっていたということだろうか。

よく見ると彼女は王子の腕にその手を絡ませていた。

思わずじっとそれを見てしまっているとルークが教えてくれた。

「カジュール王子とアリエルは恋人なんだ。近々婚約を発表するんだって」

「恋人……」

あれ？　そうだったの？

「カジュールがロマノ国に留まってくれる決心をしてくれたんです。これもルークのお陰です。本来なら王子としてダイズレイド国に帰国する予定でしたが、彼がここまで商会を大きくしてくれたので残ることに決めてくれました」

「ここまで大きな事業になってはおちおち国になど戻れないさ。それに、愛する人を捕まえるためにもね」

笑うカジュール王子を嬉しそうにアリエルが見つめた。

ええと、どういうこと？

私たちが駆け落ちしなかったので、ルークが貿易の仕事をロマノ国で続けることになって、カジュール王子は自国に帰らない選択をした。

もしかしてそれによってアリエルも彼と婚約できることになったのかな。

だったらアリエルが私に駆け落ちのことを非難してきたのは、純粋にルークを同期として心配してくれたからだ。

しかもカジュール王子が私たちの駆け落ちに積極的に協力して国に帰ってしまい、離れ離れになってしまったとしたら、私を恨んでしまうのも無理はないかも。

あの時はルークと親しそうにしていた彼女にちょっと嫉妬してしまって、きつい言葉を投げかけてしまった。

猛烈に恥ずかしくなっていると、私の気持ちを知らない彼女が笑いかけてくれた。

「あなた方も恋人同士なのですか？　ルークが宝飾店で女性へのプレゼントを選ぶなんて空から槍《やり》が

降りそう……ルークに想い人がいるっていうのは本当だったのですね」

「え？」

「ルークはアカデミーでも女子に大人気だったのに本当に冷たい接し方しかしない人だったんです。こんなに愛らしい人を隠していたなら当たり前ですね」

「アリエル、その話はいい」

「あら、ルークが焦るところを見られるなんて楽しいですね、カジュール」

「はは、確かにそうだ」

こんな風に優しく接してもらえるとは思ってもみなかった。

やっぱり駆け落ちはよくない選択だったのだろう。

この人たちはルークがアカデミーでどんなに頑張っていたか、きっと目の当たりにしてきたのだ。

「リペアさん、私、ちょっとした情報通なんですの。ですから、お手伝いできるときは声を掛けてくださいね」

「……はい、ありがとうございます」

「うふふ。本当にお人形みたいに綺麗な人……。よかったらお友達になれないかしら？」

「え、お友達？」

「ダメ？」

「ええと……」

ルークに視線をやると頷いてくれる。

勇気をもらって私はアリエルを見た。

「お、お願いします！」

「あはは……本当に可愛らしい人！　今度お茶にお誘いします」

「あ、ありがとうございます！」

私に、お友達？　ドキドキしてルークを見ると微笑んでくれる。

狭い自分の世界が広がっていくようで嬉しい。

「では、またな」

「ええ」

アリエルの腰を抱いた王子が私たちの代わりにソファに座った。

その隣で幸せそうに微笑むアリエルを見て、見方が変われば、違ってくるものだと、不思議な気持ちになった。


二人と宝石店で別れて（彼らも宝飾品を探しにきていた）、ルークと街を歩いた。

「カジュール王子とはアカデミーで一番仲が良かったんだ」

「そうなのね。信頼できるお友達がいるのはいいことだわ」

アカデミーで学ぶ、というのはどういう感じだったのだろう。

毎回渋い顔をして教えてくる家庭教師しか知らない私には未知の世界だ。

母は私にお茶会に参加させてお友達を作らせようとしてくれたが、伯爵の許可は下りなかった。

お茶会は本の世界でしか知らない、現実味のないことだ。

本当に誘ってもらえたりするのだろうか。

「リペアも友達が欲しかった？」

「うん……ほら、私はちょっと微妙な立場だったから社交パーティでも浮いていて」

大抵壁の花だったし、話しかけてくれる女の子もいなかった。

そして話しかけても無視された。

「それは……僕のせいだったかも」

「ルーク狙いの子が意地悪してきたこと？　いいよ、それは仕方ないもの」

「あー……いや」

「丘の上の広場に行ってみてもいい？　私、あそこに行ってみたかったの」

「うん。行こう」

手を伸ばすとルークがそれを握ってくれる。

ルークが私を眩しそうに見ていた。

丘の上の広場に着くまでに長い階段を上がらなければならなくて、すぐ息の上がる私は休み休み上った。優しいルークはのんびりとそれに付き合ってくれる。

「ずっときてみたかったの」

「ここに？」

「ほら、外出はお母様と以外は禁止されていたから。ルークもこの広場は初めてでしょう？」

「うん……」

街を一望できる丘から見える景色は素晴らしかった。

屋敷での私の娯楽は本だけだったし、家庭教師は高圧的で少しも仲良くなれなかった。

本邸に行くのも外に出るのも伯爵に禁止されていたし、屋敷から出られたのは年に数回、気を遣った母が誘ってくれる時くらいだ。

この目の前に広がる景色の建物の中に沢山の生活があって、人が住んでいるなんて不思議な気分……。

「これからは、僕が外に連れ出してあげるよ」

景色を眺めているとルークがそんなことを言った。

ルークだってアカデミーに行く以外は同じような生活を強いられていたはずだ。

時戻り前に外国へ行ったことで、私も今はより自由を感じることができる。

私たちはずいぶん伯爵に管理されていたのだ。

「ルーク、自由になりたい」

「そうだね、リペア。いつまでもアイツの管理下にいるなんてまっぴらだ」

「駆け落ち以外でそんな道、あるのかな……」

「僕たちは幸せになれるから」

後から抱きしめてきたルークの声は力強いものだった。

もしもなにか起きたとしても……

私は全身全霊でルークを守りたい。

それがきっと私の存在する意味だから。


そうして早くも次の日に、アリエルが私をお茶に誘ってくれた。

「変じゃない？」

「大丈夫よ」

何度も母の目の前で回って、ドレスと髪型の具合を見てもらった。

サラの監視の目がなくなるだけで、不思議なほど私の行動は自由になった。

それに、母も伯爵と離婚するならもう、我慢する必要もないといってやりたい放題だ。

こっそりと母が用意してくれた馬車に乗って、私はアリエルのお屋敷におよばれに行った。

普段着のドレスも買ってもらっておいてよかった！

ルークは伯爵とどこかに出かけていた。

もしかしたら私のために連れ出してくれたのかもしれない。

自分が世間知らずなことは重々承知しているから、アリエルと上手く仲良くできるかドキドキする。

いろいろ世間のことを教えてもらえれば嬉しい。どんな話をすればいいのだろうか。

アリエルの家は代々外国の方とお付き合いのある家系で大きなプールのある屋敷だった。

案内された庭にはもう三人のおしゃれな女の子が座っていて、緊張してしまう。

「気を楽にしてくださいね。ここからは敬称なんかなし！　きっと気が合うと思ってお友達を呼んだんです。こちらからジョー、フォルネ、ミーアよ。ミーアは私の従姉で、ジョーとフォルネはアカデミーで一緒だったの」

「リ、リペアです」

「ふわーっ、これがあの、ルークの想い人！　すごい美人！」

「ちょっと、フォルネ、失礼よ」

「だって、ジョー、あの、ルークだよ？　女の子になんて全く興味のないって態度のルークの想い人がこんなに優しそうな美人だって思わないじゃない」

「確かに意外ではあったけれど……ごめんなさい、リペア。初対面で失礼なことを言って」

「いいのです。ルークのアカデミーでの生活を教えてもらえたら嬉しいですし」

アカデミーでのルークの話を聞くとみんなルークが冷たい人のように言う。

あんなに優しいのに変な感じだ。

「私は、以前社交パーティで会ってるの。まあ、あの番犬に睨まれてるから、あなたには誰もたどり着けないけれどね」

ひとつ年上のミーアは落ち着いた話し方の人でホッとする。

でもちょっと言葉に棘を感じた。

「そうでしたか。いつも壁の花でミーアのことを覚えてなくてすみません。ん？　……ば、番犬？」

「ルーク＝リンドバーグのことです。社交場では有名ですよ。『リペア嬢に手をだせばリンドバーグの番犬に手を噛まれる』ってね。あなたは美人だし、声を掛けたい男女は多かったけれど、守りが堅くてね」

それ、時戻り前にアリエルから聞いた……。きっとミーアに聞いたのだろう。

「ルークはそんなに牽制《けんせい》しますか？」

「気づいてなかったの？」

「……はい。ルークに取り次いでほしいって人は何人かお話したことはありますけれど」

「うわあ。本当にルークってそんなことしてたんだ」

「常に目を光らせてたわよ」

「ひーっ、なにそれ、面白過ぎる！」

「ルークも人の子だったのねぇ」

四人が顔を見合わせて驚いていた。ルークって、いったいどんな風に思われていたの？

そういえばアリエルは以前『あのいつも冷静で、氷のように冷たいルーク』と言っていた。

「ねえねえ、リペアから見たルークってどんな感じなの？」

フォルネが興味津々で聞いてくる。なんだか狐の子みたいで可愛い人だ。

「いつも助けてくれて……とっても優しくて」

「や、優しい……うわーっ、私、笑った顔も見たことないよ」

「そんなに驚くほどアカデミーでのルークは違うのですか？」

「自分に厳しくて、他人にも厳しいって感じかな。いつ見ても勉強してるか鍛錬してるか……成績もほとんど一番だったし、剣術は常に一番だったよ。天才っていうより完全な秀才だよね。本当に仲がいいのはカジュール王子くらいだったけど、ロマノ国の王族にも気に入られていたよ」

「そんなにアカデミーで頑張っていたのですね」

「うんうん。かーなーり、ストイックだったよ。まるで、何かに迫られているみたいに」

ルークは駆け落ちした時も色々と用意していた。

もしかしてずっと私と自由になるために頑張ってくれていたのではないだろうか。

あの日、私が誓ったように、ルークも……。

そう思うと膝で握っていた手に自然と力が入った。

「もしかして……リペアの前だけルークって違う人なのかな」

「頑張り屋さんなのは同じかもしれません。私の前では甘えん坊で」

「あ、甘えん坊？」

「とっても思いやりのある子です」

私の言葉で一同黙ってしまった。

「ルークはアカデミーで、もっと自由に楽しく生活を送っていると思っていました。屋敷に帰った時は楽しい話しか聞いていなかったので」

「自由って、アカデミーに通っている方が校則とか課題で窮屈だよ？」

「フォルネ」

「え？　なに？　ルークは家に帰った方が自由がなかったってこと？」

「休暇で家に戻っている時は経営学と剣術の集中指導を受けていました」

「なに、それ？」

「あの……みなさんは、違うのですか？」

「休暇は遊びまくるに決まってるよ！」

「フォルネはもうちょっと勉強した方がよかったと思うよ」

「あの……もしかして、リペアも屋敷では自由がないってこと？」

アリエルに聞かれて、言葉に詰まった。

どうしよう。リンドバーグ家で普通のことが外では普通ではないのかもしれない。

話しちゃっていいのかな。

「ええと、私は部屋に籠って刺繍ばかりしていたので」

「刺繍？」

「はい。あ、これです」

たまたま持ってきていたポーチを出すと受け取ったアリエルが驚いていた。

「あの、これ、リペアが刺したの？」

「はい。昔のものですが」

「昔？」

「十五歳くらいの時につくったものかしら」

「え、十五歳でこの腕？　職人なの？」

「そんなに褒めていただけるなんて」

「リ、リペア、王室のお抱えのお針子でもここまで上手くないわよ？」

「あはは。そんな訳ありませんよ。でもそう言ってもらえると嬉しいです」

「あ、まさか、ルークが持ってたお守り袋って……」

なにか思いついたようにジョーが言った。お守り袋はルークのリクエストで作ったことがある。

「もしかして水色のドラゴンの柄ですか？」

「やっぱり！　すごい綺麗な刺繍で、見せてほしいって頼んでも絶対触らせないって有名だったの！」

「ルークったら、そんなに大事にしてくれていたんですか？　確か三年前の誕生日に贈ったものです」

「ちなみにこのポーチでどのくらい時間がかかるの？」

「当時はまだ手も遅かったので、三カ月ほどでしょうか」

「裏だって丁寧に刺繍してある……十五歳の子がこんな細かい刺繍を三カ月で……」

「私はルークほど勉強もしていませんでしたし、時間がたくさんあったのです」

「……外で遊んだりしなかったの？」

「そうですね……この通りお友達もいなくて、もっぱら刺繍と本を読んでいました」

口ごもる私に四人が回し見たポーチが戻ってきた。

なんだかみんなの目が怖くなってきてしまった。余計なことを言ってしまったのだろうか。

「あの、さっきから気になっていたんだけど……もしかしてリペアってお菓子とかって食べ慣れてないの？」

「そんなことは……でも綺麗なお皿にのったこんなに華やかで素敵なお菓子は初めてです。あ、それともマナーがなってませんでしたか？」

「ち、違うの！　マナーはひとつもおかしくなんてないわ。その、ルークからリペアはお茶会が初めてだからフォローしてあげてって言われていて」

「は、初めてなの？」

「あ、あの……そ、そうなんです。お恥ずかしながら」

「普通は遅くても十代から親が手配してくれるでしょう？　それって、お茶会に参加させてもらえず、友達も作れず、空いた時間は刺繍をしてたってこと？」

「あ、あの、母には本当に大事にしてもらってますから」

どう答えていいかわからずに、そう答えた。

だけど場が静まり返ってしまって、私の答えはまずかったのだと思った。

母が悪く思われたらどうしよう。

「ごめんなさい、あまり人と接したことがないので、なにがみなさんの不快になるようなことかわからなくて」

「え？　不快だなんて思ってないわ。ちょっと言葉を失っただけで」

「そうそう、リペアが謝ることなんてなにもないよ」

「でも……」

「わたし、ずっと誤解してたわ！」

そこでしばらく黙っていたミーアが声を上げた。

驚いて視線を向けるとミーアは泣きそうな顔をしていた。

「美しいリンドバーグ家の姉弟は社交パーティでも有名だった。いつもまるで一枚の絵を見てるようだったわ。でもどちらに興味があっても二人とも近寄りがたい存在だったの。だから、勝手に噂していたのよ、リペアはルークを番犬のように守らせるわがまま姫だって」

「え、今度は姫？」

「実際、リペアに危害を加えようとした何人かはルークに伸《の》されていたから……」

「伸される？　だって、初めてパーティに出た時なんてまだルークは十六歳ですよ？」

「その頃から裏ではそうとうヤンチャだったよ。ルークは」

「それで……みなさんの見る目があんなに」

怖いものでも見るような目で、近づいてもこなかったのか。

「噂を鵜呑《うの》みにはしてなかったわ。でも、正直、私も見た目だけでリペアは守られてるだけの何も知らないお姫様だと思ってた」

「いえ、その通りです。私はルークに守ってもらってばかりの何も知らない姉だったのです」

「ちが……違うわ。リンドバーグ家が連れ子同士の再婚で、複雑なことを知っていたのに、みんな勝手な想像であなた達を嘲笑していたのよ」

「私はなんと言われても構いません。でも、ルークは心根の優しい子です。できれば誤解しないでほしいです」

「……それ、ルークも言ってたわ。『僕は何と言われようが構わない』って」

「そうですか」

「リ、リペア、これすごく美味しいから食べてみて」

「まあ、可愛い。ありがとうございます、フォルネ」

勧めてもらったケーキはいちごがのっている。

どれも可愛くて美味しい。こんなに美味しいものが世の中にあるのね。

「リペアって食べるのが遅いのね」

「少しずつ食べたら、その間幸せが続くでしょう？　すぐになくなるのはもったいなくて」

「え、それって？」

「こ、この紅茶にはスミレの砂糖漬けがあうのよ？」

「お花を紅茶に入れるのですか？　とっても素敵ですね。わあ……なんて可愛いのかしら」

「……ええ。でも可愛いのは……」

見たこともない色とりどりのお菓子がテーブルに並んでいた。

いちいち感動してしまって、みんなを驚かせてしまったようだ。

色々勧めてもらってたくさん食べた。

なんだか私が食べるたびに変な雰囲気になってしまっていたのはなぜだろう。

知らないものばかりで私が質問するのが珍しかったのかな。

でもお茶会ってすごく楽しい。

たわいのない話をする楽しい時間。こんな穏やかな時間が持てるなんて夢みたい。

こうして話してみるとアリエルがとても素敵な人だとわかる。

私のためにこうして気の置けないお友達を集めて紹介してくれたのだ。

「もうリペアは私たちのお友達よ」

別れ際に少したれ目のジョーが私の手を握ってくれると次々とみんなが同じように手を出して握ってくれた。

くすぐったい気分がジワリと胸に広がる。

「ありがとう。でも……ごめんなさい、私はリンドバーグ家の居候で、みなさまを屋敷にご招待はできないのです」

せっかくできたお友達に言うのは勇気が必要だったけれど、嘘はつけない。

恥ずかしくて下を向いていたら握られていた手をみんなが揺らした。

「そんなの、気にしないで。リペアのことは私たちが招待するんだから。また、近いうちに集まりましょう。もっとリペアに食べてもらいたいものもあるの」

「次は私の屋敷よ！　早い者勝ち！」

フォルネがそう言って笑った。すんなりと私を受け入れてくれた四人に感謝しかなかった。

それからパーティが行われる日まで数度お茶会が開かれた。

いずれも始終《しじゅう》楽しいおしゃべりで、私は幸せな時間を過ごした。

第五章　決着のときはくる

――母が亡くなる可能性は回避した。

時戻りした期間が過ぎ、母の訃報が新聞に載ることはなかったのだ。

油断してはいけないかもしれないが、これは大きな安心に繋がった。

「もうすぐパーティだね」

その夜もベッドでルークに抱きしめられながらポツリと私は言った。ルークはもう自分のベッドを忘れてしまったようだ。

パーティの日、伯爵は私に迎えがこないことを知るだろう。

そして母が離婚を言い渡すことになっている。

「リペアにはリンドバーグ家を継ぐと言ったけれど、もしもの時は実母の実家の侯爵家を頼るつもりなんだ。国外に駆け落ちすることも考えたけれど、逃げるのは最終手段でいいと思ってる」

「うん……そうだね。伯爵に立ち向かうわ。ルークとずっと一緒にいたいと思っているから」

「リペア……」

「ルークがずっと守ってくれていたって知って、お友達もできて、それで世界が広がったの。ただ伯爵に怯《おび》えて、ずっと狭い世界で生きてきたんだって今はわかる。もう大人だもの、勇気をだせばどうにでもできるわ」

「そうだね。僕もリペアがいてくれるなら、どんなことでもできる」

「ずっと、頑張ってくれてありがとう」

「それは、リペアもだよ。僕はアカデミーに行って外の世界に触れられたけれど、リペアはずっとここで囚《とら》われていたようなものだ。伯爵の怒りや不満が僕に向かなかったのはリペアが屋敷でじっと耐えていてくれたからだ」

「……お母様が離婚を訴えたらプライドの高い伯爵は激高するでしょうね」

「そうしたら、サラが愛人だってバラせばいいさ。僕の成人のパーティだから、実母の親戚と、祖父も招待しているんだ」

「侯爵家が参加するなら、伯爵もものを投げてこれないわね」

大人しくなっている伯爵を想像したら笑ってしまう。

「アリエルたちも参加するって言ってきたよ。ずいぶん仲良くなったんだね」

「うん。とってもいい人たちなの。私がお茶会を開けなくても誘ってくれるって言ってくれてね。恥ずかしいけどいつもお邪魔させてもらってるの」

「そう……でもちょっと嫉妬しちゃうな」

「女の子たちだよ」

「リペアの関心はずっと僕だけだったのに」

「なに、それ。それなら私だってアカデミーのお友達に嫉妬しているわよ」

「そんな可愛いことをしてくれるの？」

「嫉妬が可愛いの？」

「リペアがすることは全部可愛い」

「……きっとパーティにはカーミラ様も」

「婚約はきっぱり断ったけれど、父がなにか企《たくら》んでいたから、きっとパーティにくると思う。リペアはアリエルたちの側を離れないで。不快な思いをする必要はないから」

「ふふ、私だって、ルークのためには戦えるのよ」

「……知ってる。僕を庇って殴られるなんて二度としないで」

「そんなことあったかな」

「リペアが忘れても僕は一生忘れない。鼻血を出してしゃがんでいた僕を庇って、リペアが殴られた。リペアだって頬を張られていたのに」

「すぐに庇えなくてルークの顔は腫れあがったじゃない。弟を守るのは姉の役目だったのに、結局役に立たなかったわ」

「もう弟じゃないよ。それに役に立つ必要はない」

「……」

「僕は、未来の夫でしょう？　リペアを守ってみせるから」

ルークの力強い声に胸が温かくなる。そのまま耳を舐められるとゾクゾクと体が震えた。

「ん……」

「愛してる、リペア」

「うん……私も」

もう離れることなんて考えられなくなってしまった。

「不安にならないで。全て、上手く行くから」

愛してる。ルーク。

全てをあなたに受け渡してしまいたい。

今だけだったとしてもあなたの妻でいたい。

この先どうなるかはわからないけれど、ルークの側で、私だってルークの幸せを守りたい。

「僕のリペア……」

抱きしめていた手がやわやわと私の胸を掴む。

刺激に慣らされた体は、すぐにグズグズになってしまう。

「あっ……」

上着を緩められて肩がさらされる。ルークはそこに口づけしながら上半身を暴いてしまう。

「柔らかくて……気持ちいい」

胸を揉まれて、指がかすめるたびに胸の先端が刺激を求めてしまう。

自分でもそれが硬くなってくるのを感じて恥ずかしいのに、それに気づいたルークが指でクニクニと押してきて気が遠くなりそう……。

「ふうっ……」

「乳首、こうされるのが好きなんだよね」

「くうん」

立ち上がった乳首をルークの指が挟んで刺激する。

きゅっと摘まれると、私の体の奥もきゅんとしてしまう。

その間もルークの舌が首筋を舐め上げてくる。

「こっち向いて……」

ハア、とルークの息が耳にかかるだけで体の力が抜けてふにゃふにゃになってしまう。

見上げるとルークに唇を塞がれた。

ちゅっ…

「ハア……」

「吐息も食べてしまいたい」

誘われるように口を開けると舌を絡ませてキスをする。

クチャクチャと音をさせながら夢中でキスを繰り返すともうルークのことで頭がいっぱいになってしまう。

「浅くする？　深くする？」

下穿きに潜り込んだ手はもう蜜が溢れ出ていることに気づいているだろう。

ぬるぬると指が入り口を探り、更に溢れる愛液を掻き出すように動く。

ちゃく……ちゃく、ちゃく……

粘り気のある水音が私の頭の中をおかしくさせてしまう。

「ふ、ふかく……ふかくして……」

お願いするとぐ、っとルークの指が奥まで沈み、親指が外側の敏感な粒に刺激を与えるように動く。

ルークの長い指が私の中で暴れ回る。

「はうぅっ」

指がぴゅっつと抜かれると中途半端に下ろされた下穿きが足に残っているのが見える。

「リペア……よく見てて」

顔を向けさせたルークが下穿きを下ろすと、見せつけるように私の入り口に硬くなった肉棒を押し付ける。

くぽ……と、もうなんの抵抗もなく、それが当たり前のように中へと沈んでいった。

刺激が視覚と共に私の脳を犯す。

それは中を擦り上げながら奥へと進むと、ズン、と最奥を突いた。

「ふかいぃっ……」

体がこじ開けられてしまいそうな感覚も、ルークから与えられるなら快感に変わってしまう。

「僕たちは、夫婦なんだ……」

「うん……」

「なにがあっても、信じあう……」

「くうっ」

「君を絶対に離しはしない」

体も……心も……全て……。

「わ、私は……あなたのものよ、ルーク……」

「リペアッ」

切なく私を呼ぶ声が聞こえたかと思えば、奥をまた深くズン、と突かれた。

「はううっ、あああっ」

足を広げられ、ルークの肩にかけられて、体を繋げている。

ガツガツと体が揺れて、激しく中を擦り上げられる。

ぬるいルークの汗とハアハアと荒い息遣い。

それさえもセクシーで、子宮がきゅんと収縮する。

「リペア、締めないで……すぐに出ちゃうから」

そんなことを言っても、いつもルークは私がへばってしまうまで射精しない。

突かれて、視界と胸が揺れる。

激しい刺激に内またがガクガクと震える。

こうなってくるともうルークを止める術はない。

「あっ、あっ」

「イっちゃう？」

「うん、いっちゃ……ううっ」

「奥をぐりぐりしてあげるね。さ、一緒にイこう」

ぐりゅっ
体の奥を押し上げられて、目がチカチカする。

パンパンという肉を打ち付ける音とクチャクチャという粘る音が合わさる。

「イくよ、リペアッ」

「ルーク、イって！　一緒に……はううっ」

「ハア、ハア、ハア……うっ」

腰を押し付けてきたルークを受け止める。

私はルークの妻になりたい……。

＊＊＊

「その燭台《しょくだい》はこっちのテーブルよ。椅子はそこには置かないで！」

いよいよパーティが行われる日になって、リンドバーグ家の一階は中階段を挟んで大きな会場へと変貌した。

慌ただしく母が使用人に最終の指示を出している。

パーティは夕方開かれるので、今日は朝から大忙しである。

「お母様、なにか手伝いましょうか？」

「手伝いはいらないわ。これが最後だと思うとルークのためにも頑張ってセッティングするわよ。見てなさい、豪華で素晴らしいパーティにしてあげるから」

小声で母はそんなことを言った。

今夜伯爵は妻に離婚を告げられてしまうなんて想像もつかないだろう。

「ここはいいからリペアは自分の用意をなさい」

「子供じゃないのだから、大丈夫ですよ」

「いつまでたっても、あなたもルークも私の子供であることは変わりないのよ」

「ありがとう。お母様」

今日は伯爵も私が辺境伯（偽）に連れられて行くと思っているから支度に侍女をよこしてくれることになっている。

自室に戻って身支度しようと、母が頼んでくれたショールの箱をあけた。

「あれ？」

繊細な刺繍の上に小さなカードがあった。

――僕の美しい婚約者へ
「前のドレスでよかったのに……」

以前贈ってもらったピンク色のドレスに、新しく母に頼んでもらったショールを羽織るつもりだった。けれど箱に入っているはずのショールは、私が選んだ刺繍柄を使ったドレスに変わっていた。

ルークが新しいドレスにしたんだ。

箱から持ち上げるとたっぷりと刺繍された白のレースの前身頃の胸の下にピンク色の大きなリボンがついている。

スカートは白のチュール地で、リボンのピンク色と同じ色に見えるように濃いピンク色の下地が重なるように作られていた。

ふんわりと腰から広がる上品で可愛いデザインだった。

ルークの瞳とお揃いの水色のネックレスとイヤリングに似合いそう……。

驚きと、それよりもルークの愛情で胸がいっぱいになる。

「いくらなんでも、やりすぎよ」

――僕のリペア
ルークが私に贈ったものがそう主張している。

きっと不安がる私にこうやって勇気をくれているのだ。

今日、きっと伯爵はカーミラ嬢を招待している。

ルークは私のために辺境伯と戦ってくれたのだ。私もルークのためになら戦える。

下を向いて屋敷の中をビクビクして歩くのはもう止めだ。

手伝いをしてくれる侍女もやってきて、私はルークの贈り物に身を包み始めた。

まるで戦闘服だ。そう思うと身が引き締まる気がした。

ルークが選んだものに包まれて力が湧いてくる。

もしもこの屋敷を去ることになっても、私は胸を張ってルークを愛していると言いたい。

パーティの支度が整って、ゲストがやってくる時間になった。

入り口にルークが立ち、私はその隣に立った。

「綺麗だよ、リペア。連れ去りたいくらい」

「ルークだって素敵よ」

ルークは白のスーツに身を包んでいた。

タイのエメラルドグリーンは私の瞳の色だ。

「あのね……ドレスをありがとう。ルークに包まれているみたいで、堂々としていられる。ほら、入り口で立っている私を鬼の形相で見ている伯爵を無視できるもの」

「くくっ、もう親戚が到着しているから、おべっかに忙しくてこっちで怒鳴り散らしたりできないよ」

「後で覚えてろって顔をしているけどね」

「まあ、そんなことも言っていられなくなるよ」

「そうね」

この後ルークは私と結婚すると宣言して、母は離婚を言い渡す予定だ。

癇癪もちの伯爵にはこうでもしないと暴れて手がつけられないだろうとルークが提案した。

人の目がないと危険でできないことだ。

しかしだからといって親戚たちが私たちの味方に付くとは思えなかった。

でも、それでもいい。

やれるだけやって、ダメだったとしても、なにもしないで諦めるよりましだ。

ルークが一緒なら怖くない。

「リペア！」

弾む声の方に顔を向けるとアリエルとカジュール王子がやってきた。

二人はダイズレイド国の衣装を着ていた。

「素敵な衣装ですね」

「ダイズレイド国の民族衣装なの。あなたたちも素敵だわ」

「ありがとう」

「リペア！」

その後ろからフォルネとジョーが顔を出す。

「いらっしゃい」

「ルークが誘ってくるなんてね〜。大事なリペアは私たちが守ってあげるから安心なさい」

「頼みますよ」

「うわっ、本気だわ」

ケラケラと二人がルークと軽口を叩きながら笑っていた。

「ミーアは？」

「ミーアは婚約者とくるらしいわよ〜。後で冷やかしましょうね」

「リペア、ここはもう僕に任せて、みんなと一緒にいるといいよ」

「うん。ありがとう」

ルークがそう言ってくれて私は受付を離れた。

遠くからカーミラ＝レストン嬢が父親を連れて歩いてきたのが見えたからだろう。

「ルークは一度も婚約を受けてないんでしょ？」

「でも、リンドバーグ伯爵とは口約束しているみたいだから」

もしかすると伯爵はカーミラの父親にも出資させているのかもしれない。

なにをやらかしてもおかしくない。

レストン子爵を盗み見ると、余裕たっぷりの表情だった。

間もなく招待客も集まって、パーティが始まった。

「お集まりのみなさん、本日は私の息子ルークがアカデミーを優秀な成績で卒業し、成人したお祝いにきてくださってありがとうございます。ルークは最優秀成績者として素晴らしい結果を残しました。まだまだ至らぬ点もある愚息ですが、ご指導ご鞭撻《べんたつ》のほどよろしくお願いいたします」

さも、自分の手柄のように伯爵が挨拶をした。

そんな父親の姿をルークは黙って見つめていた。

そうして音楽が流れ、ルークは父親に連れられて、挨拶回りをしていた。

「顔は似ていてもルークのお父様は好きになれそうにないわ」

フォルネが肩を上げてそう言って、ジョーが頷いた。

あんなに短いあいさつで嫌われるなんて一つの才能だろう。

「……きたわよ」

ジョーが低い声で言うと向こうからカーミラが歩いてきた。

「ちょっと、どいてくださる？」

私を守るように二人が前に出てくれる。

目の前で起きていることに驚くと同時に胸が熱くなった。

私のことを友達だと認めてくれていると思うと胸が締め付けられる。

「今リペアは私たちと楽しくおしゃべりしているのよ？」

「なんの用なの？」

「あなた方には用はないわよ、ちょっと、リペア様と話がしたいの」

「フォルネ、ジョー、ありがとうございます。私に何かご用事ですか？　カーミラ様」

私が前に出ると心配そうに二人が道を開けてくれた。

隠れていては解決できない。二人に勇気をもらって私は前に出た。

「私に当てつけて水色の宝石なんて着けてどういうつもりなのですか？　今夜は私とルーク様の婚約発表も行われるのですよ？　義理の姉であるあなたがどうすればいいかなんて、わかりきったことでしょう？　すぐここから立ち去ってください」

改めて見るとカーミラは水色のドレスを着ていた。きっとルークの瞳の色に揃えたのだろう。

「では、カーミラ様はルークにドレスを贈ってもらったのですか？」

「え？」

「ネックレスも？　アクセサリーも？」

「……それは、あなたがリンドバーグ家の居候で、ドレスもアクセサリーも買ってもらえない貧乏人だからでしょ。かわいそうに思ってルーク様が手配したのだわ。その点、私は自分で揃えられるもの」

私が挑発するとカーミラが言い返してきた。

確かに私にそれらを揃えられる経済力はない。

ルークが贈ってくれたドレスとアクセサリー。

こんな風にお金を使えるまで頑張った彼に私は胸を張って応えなければならない。

『リンドバーグの居候』なんかじゃない。

私はルークに愛されているリペアだ。

「ルークはあなたと婚約などしていないと言いました」

「そ、それは……でも伯爵は承諾したわ！　結婚は家と家を繋ぐものよ？　個人の意見ではないわ！」

次は家のことを持ち出したカーミラが私に凄《すご》んでくる。

「へえ、個人の意見はないと？　私はこの婚約はカーミラ様のわがままで決まったと聞きましたけれど？」

そこへ私を助けるようにミーアが現れた。

隣の男性は婚約者だという人に違いない。

「ミーア……」

「こんばんは、みなさん。紹介するわ、こちら私の婚約者のハリー＝ウェイスト様です」

「初めまして。ご紹介いただきましたハリーです」

ミーアの婚約者を見て先ほどまでの勢いはどうしたのか、カーミラが下を向いて黙った。

そんなカーミラを見てハリーが続けた。

「これは、これは、私との政略結婚を個人の意見で嫌がって、無理矢理解消したカーミラ様ではないですか。あの時は断ってくださってありがとうございます。おかげさまで素晴らしい人と婚約することができました」

「あ、あの……」

「レストン子爵はウェイスト家に慰謝料まで払ってくださいましたからね」

「そ、それは……」

「あらあ、それで『結婚は家と家を繋ぐもの』だなんてよく言えたものだわ」

フォルネが呆れたように言うのに頷いてしまった。

「私は可愛い婚約者とお金が手に入ったので感謝しかありません」

ハリーはそこでミーアを抱き寄せて、ミーアがカーミラに舌を出していた。

「ぐ……」

カーミラの顔は恥ずかしいのか、怒っているのか真っ赤に染まっている。

そこで、一旦音楽が止まった。

曲がワルツに変わるとみんな周りを見渡して自分のパートナーを探した。

ルークが真っ直《ます》ぐにこちらに歩いてくる。

「ふん、格の違いを教えてあげるわ」

鼻息を荒くしてカーミラがそう言った。

そうしてルークがこちらにくるタイミングを見計らって手を差し出した。

しかしルークはカーミラに見向きもせず、私の目の前でペコリとお辞儀をした。

「僕と踊っていただけますか?」

「よろこんで」

申し込んできたルークの手を取ると、隣のカーミラが目を見開いてそれを見ていた。

「カーミラ様、手を引っ込めないととんだ大恥ですよ」

フォルネが指摘するとカーミラは頭から噴火が起きそうなくらいに真っ赤になって父親の元へ飛んで行った。

「なにあれ」

その様子を見てルークが不思議そうにしていた。

「カーミラ様はルークがダンスを申し込んでくれると思っていたのよ」

「何回言ってもわからない人っているんだよね」

「でも、私を選んでよかったの? 伯爵が恐ろしい顔をしてこちらを見ているわよ?」

「ざまあみろ、だね」

ルークはもう吹っ切れたような態度だった。

こんなに伯爵を怒らせているのに、さらに焚《た》きつけるように伯爵を見て笑っている。

その後ろに父親に泣きついたカーミラが見え、子爵に詰め寄られている伯爵が慌てて弁解しているようだった。

こんなことをして、ただでは済まないだろう。

けれど、もう自分にもルークにも嘘はつきたくなかった。

「こうやって踊りたいと思うのはリペアだけだ。もう、僕を避けて他の人と踊らないで」

「ルークとしか踊らないよ」

「約束だよ」

ルークの他に踊った人はエステルくらいだ。

でも踊り慣れたエステルよりも、少しぎこちなくてもルークと踊るほうが楽しい。

この最高にかっこいいルークを目に焼き付けておこう。

私の結婚話はなくなったし、伯爵がルークに不利なことを言い出したら、全部責任を取って母と屋敷を出よう。

きっと私にはそれしかルークにしてあげられることはないだろう。

今夜の主役とホールの中心で踊る。

みんなの視線が集まっていたけれど、私にはルークしか見えていなかった。

そうして続けて二曲目も踊ろうとすると伯爵が慌てて楽団に曲を止めるようにがなり立てた。

「音楽を止めろ！　今すぐだ！」

伯爵は楽団の前に立ち、注目を得ようと手をパンパンと叩いた。

ざわざわしていた会場はなにが起こったのかと一旦静まった。

「ゴホン、みなさまに、嬉しい発表があります」

咳《せき》ばらいをすると伯爵はルークを手招きした。

「ルーク、こっちにきなさい」

ルークは優しく私の手を離して、まるで大丈夫だと言うようにポンと肩を叩いた。

素直に声に従ってルークは伯爵の元へ向かった。

そうしてルークが伯爵の隣に並ぶと、それを見たカーミラは真っ赤な怒り顔から一転、勝ち誇ったような表情に変わった。

伯爵がルークの婚約者はカーミラだと発表する手筈《てはず》なのだろう。

しかし、伯爵が口を開ける前より早くルークは高らかに宣言した。

「私はリペア＝ハーヴェス嬢と婚約します」

「な、なにを！　いや、みなさん、これは、なにかの間違いで！　ルーク、お前はレストン家のご令嬢と！」

伯爵が大慌てでルークを引っ張っていこうとした。

その手を振り払うルークに思わず伯爵は殴り掛かろうとしたが、簡単に彼に受け止められてしまった。

「もう僕は簡単にあなたに殴られたりしません」

会場がザワザワとして、親戚たちがどういうことだと顔を見合わせている。

そこへ、今度は母がやってきた。

「この度は息子の成人の祝いにお集まりくださり、ありがとうございます。息子の成人に伴い、私も伯爵と離縁し、リンドバーグを去るつもりです」

「は……はあ？　クレア……お前まで、狂ったのか？　今まで、逆らったことなどなかったのに！」

二人を見て伯爵が顔を真っ赤にしている。

「幼少のときは暴力で支配し、大きくなってからはリペアを脅しに使ってきましたよね。僕はあなたが父親で恥ずかしい。ボヤージュ辺境伯から金をだまし取り、今度はレストン子爵から奪い取るつもりですか」

「なに、ど、どういうことだ？」

自分の名が出たレストン子爵が前に出てくる。その顔は青ざめていた。

「ロマノ国の西の荒野の土地購入に出資しないかと、いろいろと声を掛けてお金を巻き上げているのですよ。流れてきた金は父の賭博の補填に消えています」

「な、なんだと？」

「ちょっと待て、私も数十倍になって戻ってくると言うから金を出しているぞ！　あそこは国が道を作るために確実に買い上げると聞いていたんだ。絶対に損はないし、間違いないと言うから！」

「そうです。金を騙《だま》し取《と》るのに王家の名も出したのです。見過ごせられる案件ではない。きっとこのことが王家の耳に入れば、罰を受けるでしょう」

静かにルークが言うと慌てて伯爵が弁明し始めた。

「う、嘘じゃない。道を作る計画はあるんだ！　だから、今なんの価値もない荒野の土地を買い込んだら、それが数十倍にもなる！　確実に儲《もう》かるんだ！　う、受け取った金は少しだけ先に使ってしまっただけで……」

「誰からの情報だったのですか？」

「それは……さ、さる王族と連なる！」

「あなたの賭博仲間のラジオン様ですよね」

「なっ……その名は伏せていたのに……どうして……」

「ど、どういうことだ？　どうして王族から除籍処分になっている放蕩《ほうとう》者の名が……」

その名を聞いて驚いた声が上がった。伯爵は不穏な言葉に腰が引けている。

「え、放蕩者？　ラジオン様は王族の研究者で、今回の国の道路計画にも……」

「……騙されたんですよ。先代の弟である元殿下のラジオン様は度重なる悪行に王族から除籍処分になっているんです」

「除籍？　あ、悪行？」

「ほとんどが王族の名を使った詐欺行為ですね。国外追放だけで済ませていたのに秘密裏にロマノ国に戻ってきたので、王家も本格的にラジオン様に罰を与えるようです」

どんどん伯爵の顔の色が無くなっていく。

どうやら伯爵は賭博仲間だった一人に騙されて、詐欺行為を行っていたようだ。

夜な夜な出かけていたのは賭博場に行っていたのか。

「先ほどこれが届きました」

「そ、それは……」

ルークが手紙を広げて招待客に見えるようにした。

リンドバーグ伯爵に対する罪状と釈明と説明を求め、登城が要請されている。

「王家の印がされている……本物だ」

「どういうことだ、ホルス！　これは、いったい！」

「お、俺だって、なにがなんだか！……と、待て、先ほど届いた？」

狼狽えていた伯爵が屋敷の出入り口を見て黙った。

そこには城から派遣されただろう騎士たちがこちらを窺っていた。

「では、お願いします」

ルークが騎士たちに向かって言うと、すぐに伯爵を取り囲んで連れて行ってしまった。

「ルーク！　助けてくれ、ルーク！」

伯爵は自分の身になにが起きたのか把握できていないようだった。

ただ、すがるようにルークの名前を繰り返していた。

伯爵が連れて行かれたのでホールに残ったルークに視線が集中した。

「どういうことか説明してくれ」

お金を貸していたという親戚から声が上がる。

ルークはみんなに聞こえるように顔を上げて話し出した。

「数年前から父は賭博場に足を運ぶようになっていました。一度大儲《おおもう》けしたことから、嵌《はま》ってしまったようです。それでも初めはある程度の節度は持っていたようですが、昨年王族から除籍、追放になっていたラジオン様と出会ってからは派手に遊ぶようになったのです」

『賭博だと？』という呆れたような声が聞こえてくる。ルークはみんなに聞こえるようにさらに声を大きくした。

「父はラジオン様が王族であることに疑いを持たず、儲け話を信じて出資者を募りました」

「ま、まさか、私が出資した金は……」

レストン子爵はもう真っ青を通り越して白い顔をしている。

「レストン子爵、これでも、まだ僕と婚約させるつもりですか？　共同出資者として罪に問われたくなければリンドバーグ家と関わらない方がいいです。今なら出資金は証文と引き換えにリンドバーグとして責任をもって元金をお返しいたします」

「ううう……カーミラ、婚約はなしだっ」

「お、お父様！」

「元金を返すと言うのは本当か？」

ルークの話を聞いてリンドバーグ伯爵にお金を出した人たちが彼の元に集まってくる。

「はい。出資金を出した方は後程証文を持ってご提示ください。父に代わって私が元金をお返しいたします」

「リンドバーグ伯爵は借金をしていたんだろう？　それなのに返す当てはあるのか？」

「それはカジュール商会の代表として保障しましょう」

たくさんの人に詰め寄られていたルークを助けたのはカジュール王子だった。

彼の一声で皆が黙った。他国とはいえ王子の言葉は重い。

「ルークは今、カジュール商会の副代表を務めている。あなた方に返す金は十分蓄えてあるだろう」

その言葉に『なに、あのカジュール商会の』とか『まさか副代表を』と口々にしている。

一旦納得したのか静かになったところでルークがみんなに声をかけた。

「大変お騒がせして申し訳ありません。こんなことになって心苦しいかぎりです。父の不始末は私が正していく所存です。ご足労頂いて申し訳ありませんがパーティはお開きとさせてください」

言い切ったルークを見守ってから、私は彼の側に急いだ。

「ルーク、大丈夫」

「うん……」

疲れたように私の肩にのった手にいたわるように私の手を重ねた。

母もその隣でいたわるように私たちを見ていた。

「リペア、お客様にお土産を渡したいんだ。手伝ってくれる?」

「もちろんよ」

ルークを支えながら入り口に向かうといつの間に用意したのか綺麗にリボンがかけられた箱が用意されていた。

「青い方はタイピンだから男性に。ピンクの方は髪留めだから女性に渡して」

頭を下げながらお客様にそれを渡して見送った。

伯爵に出資した人たちはそれでもルークにヤイヤイと言っていたがお金のことや諸々《もろもろ》は後日受け付けると約束していた。

「なにか手伝えることがあったらいつでも言ってくれ」

最後にカジュール王子とアリエル、フォルネ、ジョー、ミーアと婚約者が残った。

心配そうにカジュール王子がルークの手を握った。

「少しごたつくだろうから、しばらくは商会の方をよろしくお願いします」

「そちらは気にするな」

「王子たちも土産を持って帰ってください」

「気になっていたんだが……」

私もルークが用意した箱の中身が気になっていた。手にしたみんなは互いに顔を見合わせて箱を開けた。

「まて、このタイピン、宝石がついているじゃないか」

「髪留めにもよ！　こんな高価なものを配ったの？」

中を見て驚く。たくさん用意されていたので、ここまで高価なものだと思っていなかった。

「迷惑料と……賄賂《わいろ》です」

「は？」

「リンドバーグ家のパーティで当主が詐欺で捕まって、城の騎士たちに連れていかれるなんて大問題ですよね。リンドバーグの名は一夜にして大暴落です」

「それを、口外しないように？」

「いいえ。人の口には戸はたてられません。存分に話を広めてほしいのです。現当主の情けない姿と、その息子が立派に詐欺の補填をして誠実に借金を返す姿を」

「……まさか、父親からリンドバーグを？」

「ええ。きっと父は爵位返還を促されるでしょう。そして、僕がそれを改めて引き受けます」

「ははは、さすがルークだ！　わかった、私の方からも知り合いにルークは爵位を引き継ぐだけの力が備わっていると話を入れておくよ」

「ありがとうございます」

「さっそく、贈り物の効果が表れたわね」

見るとルークに贈られた髪留めをつけてアリエルたちが笑っていた。頼もしい味方たちだ。


「僕が伯爵になれば母さんもここを出て行く必要はないよ」

みんなが帰ってしまったホールに三人で残り、ルークは母に言った。

離婚を言い出したものの、すっかり詐欺話に持って行かれてしまった母は、なんだか肩透かしを食らってしまったようだ。

「せっかく離婚も言い渡したのに、かき消しちゃってごめんね」

「いいわよ、あんなに騒ぎになったんじゃ、私の声なんて誰も聞かないわ」

「僕もまさかあんなに出資者が多かったとは思わなかったから」

「どのみち伯爵が犯罪者になれば、私の離婚はすぐ認められるわ。……それより、ちょっと気になったんだけど、ルークは伯爵が詐欺に遭って捕まるのを知っていたの？」

母は腑《ふ》に落ちないような顔でそう聞く。

こんなに色々なことが上手く行くなんて私も狐につままれた気分だった。

しかも、あの宝石のついたお土産。

伯爵が捕まることを前提としていないとなかなかできない出費だと思う。

「一つ、懺悔《ざんげ》したいんだけど」

「懺悔？」

ルークの言葉に私と母が顔を見合わせた。

ここまでしてくれたルークにどんな懺悔があるというのだろう。

「実は僕は二人が秘密の話をしていたのを聞いていたんだ」

「秘密の……話？」

「母さんたちの家系の子が引き継ぐ『時戻り』の能力の話」

「えっ……」

「僕は時戻りに介入してしまったんだ。リペアが描いた魔法陣を消して、その……後で描き直した」

「も、もしかして、それで戻ってくる時間がおかしかったの？」

「ど、どういうこと？　では、ルークはリペアと一緒に時戻りをしたってことなの？」

「うん。父さんが捕まることも未来で知っていたし、母さんの新聞の死亡記事が誤報だったのも知ってる」

「えええっ、誤報？」

「そもそも僕は時戻りしないでもリペアと暮らせて行けたら幸せだったから、時戻りが失敗してもよかったんだ。まさか僕も一緒に戻っちゃうとは思わなかったけど」

「なにもかも、知ってて黙っていたってこと？」

「さすがにリペアには『母さんは死なないよ』って教えてあげたかったけど、そうしたらリペアが一人で出て行ってしまいそうだったからね」

「う……」

「なんとしてでも繋《つな》ぎ止めておきたかったんだ」

「じゃあ、私の死亡記事は間違いで、死なないってこと？」

「僕たちが駆け落ちした後、母さんは離婚を申し出るんだけど、その後すぐに誰かに背中を押されて階段から落ちたんだ。多分、伯爵が突き落としたんだと思う。このままじゃ殺されるって母さんは屋敷を出たんだよ」

「まさか、それで離婚で揉めて追い出したって話に……」

「逃げられたなんて外聞が悪いから追い出したって言ったんだろうよ」

「ははは。サイテー野郎の伯爵らしいわ」

「それで母さんから『戻りたくないし離婚してくれないに決まってる。もうこのまま屋敷を出て死んだことにして逃げたい』って相談されて、僕が手伝って新聞に訃報をのせてもらったんだ」

「伯爵に殺されそうになったから、死亡したことにして逃げることにしたのね……」

思ってもいなかったことを告白されて母が苦笑いした。

しかしルークも私と同時に時戻りしていたなんて……。

告白前に戻そうとして描いた魔法陣に気づいたルークはそれを消して……

もう取り返しがつかない事後に魔法陣を描きなおしたんだ。

ベッドの脇で床をランプで照らしていたのは、魔法陣を描いていたからなのね。

ああ、もう。

完全にルークの思い通りにされているじゃない。

上手くいって良かったけれど、だけど、悔しい！

「私たちには一緒に時戻りしたことを教えてくれたらよかったのに」

「そう思ったけど、リペアが全部なかったことにしようとしたんじゃない」

「え、ええと……」

「あの時の僕の心の痛みなんてわからないだろうね」

「う、うう……」

「反省すべきなのはリペアだよ。愛の告白をなかったことにして、僕の純情も踏みにじろうとしたんだ」

ルークに責められるとなにも言えない。

そこで何かが焦げたような匂いがしてきた。

「ね、なにか焦げ臭くない？」

慌てて外を確認するために窓を覗いた。

「……別館の方から火の手が見える」

「急いでみんなをあつめよう！」

窓から見えた別館から煙が見えた。

誰か、火をつけた？

「バケツを持って！　急いで！」

すぐに使用人たちを集めて消火活動を始める。

運よく早めに気づけたようで、数時間後、火は無事に消し止められた。

部屋の半分ほどが焦げた状態を見て、そこに集まっていた使用人たちも絶句していた。

出火元はサラの部屋だったし、彼女は荷物もろとも消えていた。

サラが火をつけて逃げたのは明白だった。

「伯爵が捕まったから逃げたのかしら」

伯爵夫人になれなかった腹いせかもしれない。

こんなことができる人間が信じられない。怖くてギュッと隣にいるルークの手を握った。

「……きっとそうだね」

そっと握り返してくれたルークが答える。

彼女の心情は計り知れないけれど、風向きが悪ければ死傷者が出てもおかしくない。

決して許されることではないことは確かだった。

ここまでするなんて。

「自分のことしか考えない男にぴったりの愛人だったわ」

前に立っていた母がポツリと言った。

火を消した部屋の風景に溶け込んだその姿は、なぜか怖く見えた。


そうして、しばらくして爵位はルークが引き継ぐことになった。

十八歳の若き伯爵としてルークは一躍有名となる。もともと貿易商の仕事と侯爵家からの支援もあるので、父親の借金を返すことはルークにとって造作もないことだったようだ。

借金はなくなったがルークの父ホルスはリンドバーグ家から追放となった。

彼はこんなことになって慌ててサラの行方を探したが、すでに捨てられたことを知ってショックを受けていたという。

どのみちサラは放火犯として指名手配中だ。

母はさっさと申し立てをして離婚し、私の教育係としてリンドバーグ家に残ることになった。

どさくさに紛れて承諾をもらった私はルークの婚約者として、本邸へと足を踏み入れた。

「なんだか、懐かしいわ」

「内装は全て変えようと思うんだ。いい思い出なんてないからね」

「……賠償金と保釈金も払ったのでしょう？」

「お金はまた稼げばいいから大丈夫。あの男をここから追い出せたならそれでいいよ」

「稼げばって……そんなに簡単なものでもないでしょうに」

「僕には裏技があったから、今ちょっとした大金持ちなんだ」

「裏技？　あ……まさか」

「そう、未来を見た僕はここのところちょっとした最強モードだったのさ」

「そんな使い方をするために時戻りをしたのではないけれど」

「僕は時戻りできなかったとしても、リペアを手放すつもりはなかったよ」

「……ルーク」

「もどかしかったよ。やっとリペアを手に入れて結婚したっていうのに、またやり直しだもの」

「それは……」

「リペアの告白後に魔法陣を描き替えて正解だった」

「……それについてはちょっと」

「君が不安だったように、僕もずっと不安だったよ」

そんな風に言われると悪かったと思ってしまう。

「ルークが幸せにならないといけないと思ったの」

「それは、僕もだよ。リペア」

「ね、流星群はこないけれど、今夜星を見に行かない？」

「朝、眠っていても誰にも邪魔されないようにしないとね」

ふふふ、と顔を見合わせて笑う。

その夜私たちは久しぶりに屋根に上った。

「こんなに綺麗だったかな」

昔入った屋根裏部屋はもっといろいろなものが雑多に置かれていた記憶がある。

「実は僕もリペアと星が見たくて片づけてもらったんだ」

「まさかそれも時戻りのお陰じゃないでしょうね」

「リペアのことに関しては、僕は魔法使いになるんだよ」

「……確かにルークは魔法使いだわ」

「屋敷の改装工事の間は旅行にでもいこうか」

「お母様も連れて？」

「母さんが言い出したから誘ったけど、やっと屋敷の仕事から手が離れたから少しの間は何もしないでゴロゴロしたいんだって。二人で行きなさいって言ってたよ」

「そう」

「ね、こっちにおいでよ。夜は冷えるよ」

ルークが私に膝にのるように勧めてくる。でも……。

「いたずらしてくるから危ないもの」

「屋根の上だからしないよ」

「約束よ？」

ゆっくりとルークに近づくと、その腕に支えられて簡単に膝にのせられた。

ルークは私をのせて、外側から自分と一緒に毛布で二人をくるんだ。

「ほら、あったかいでしょ？」

「……うん」

「ねえ、キスはいたずらじゃないよね？」

「え？」

「リペア、キスしたい」

「う……うん」

優しくルークの手に顎を誘導されて後ろを向くとすぐにルークの顔があった。

ちゅっ……。

軽く終わらそうと思っていたのに、ルークの手が後頭部を押さえていて動けない。

当然のように侵入してきた舌が私の舌を誘うように動く。

「ルー……ク」

「ハアッ……リペア、やっぱり星はまた今度ゆっくり見ようよ」

確かにこのまま、なにかしらするには危ないけれど、それならしなければいいのではないだろうか。

「きゃっ」

しかしルークは私の腰に腕を回して抱えると、私を攫うように屋根裏に引き戻した。

「あれ、こんなマットが屋根裏部屋に……」

薄暗かったので気にしていなかったが、塵《ちり》一つないその空間には簡単なマットが引かれていた。

こ、これは確信犯では……。

「ル……んんっ」

「リペア……嫌な記憶を塗り替えよう。星を見て眠ったあの記憶を綺麗なものにしよう」

「もう怖い人はいないから？」

「誰にも邪魔されないし、誰も気にしない。それに僕らはもう子供じゃない」

「あ……流れ星」

「……星を見てないで、僕を見て」

「星を見にきたのに……」

窓から流れ星が見えたので教えてあげたのに、ルークは私の気を引くのに一生懸命だ。

後ろを見ていた私の顔を自分の顔の前に持ってきてしまう。

「リペア」

「ルークの瞳は空の色ね」

ちゅっとキスをしてふふふ、と笑いあう。

「この屋敷で僕の希望はずっとリペアだけだった」

「偶然ね、私もルークが希望だったたわ。アカデミーに入ってしまって寂しかったけれど、成績がよかったと褒められているとか、噂を聞いては自分のことのように嬉しかったもの」

「成績を落としたとき、屋敷に戻るなって言われたからね。リペアに会うために必死で頑張ったよ。

ずっと君と幸せに暮らすことだけを考えてた」

「だからアカデミーの勉強もあるのに貿易の仕事もしたの？」

「リペアとどこかに逃げようとずっと思ってたんだ。それには資金がいるから。事業が上手く行ったのは幸運だったよ」

「私、ルークにしてもらってばかりだね……ありがとう」

「リペアが別館に追いやられていても耐えていてくれたからだよ。だから僕も頑張れたんだ」

「……でも、今は幸せ」

「僕も」

繰り返しキスをして、お互いの指を絡ませるように手を握った。

二人の体温が混ざり合うような心地になる。

首筋をルークの唇がくすぐって、甘い吐息が口からこぼれてくる。

「ハア……」

「リペアと一つに溶け合ってしまいたいよ」

「うん……」

ずっと弟のように思っていた。

私が守らないと、助けてあげないと。そう、思っていた。

でも、今はルークに完全に守られてしまっている。

いつの間にこんなに頼もしくなったのだろう。

「愛してる」

何度聞いても心臓に悪い言葉。

ドキドキして、どうしていいかわからなくなる。

顔を上げるとルークと目があって……そこには私を食べようとしている男の人がいた。

もう、弟には見られそうにないな……。

それでもずっと私の最愛の人。

「私も、愛してる」

簡単に服を取りさらわれて、上半身が露わになるとルークが私の背中に指を滑らせる。

「背中も感じる？」

「ふううっ」

刺激に腰を浮かすと胸を突き出したような格好になってしまう。

「誘ってる？」

「え……あっ」

ルークにベロリと胸の先をねぶられて体が跳ねる。

口に含まれているのを見ると、どうしようもなく恥ずかしくて、でも、体が熱くなるのを感じた。

「リペアの可愛い乳首が立ってきた」

「は、恥ずかしいから……」

「たくさん虐《いじ》めてあげるね」

くりくりと指でつままれると、体の奥がキュンキュンしてしまう。

私の反応が楽しいのか、ルークの行動がだんだん大胆になってくる。

「はうっ……」

軽く噛まれて、声が上がるとルークの指は私の下肢へと伸びていった。

もう自分でも蜜が溢れ出ているのがわかって、恥ずかしい。思わずルークの手を掴んでしまう。

「どうしたの？」

「は、恥ずかしいから……」

「それは……ここがもう大洪水だってこと？」

「バカッ」

言い当てられて涙目になってしまうのに、対するルークはご機嫌になる。

ちゃく……

「ううっ」

「トロトロだね」

ルークが指でヒダをかき分けるようにして蜜を絡ませている。

十分濡らした指で、入り口を擦られると、体がどうしようもなくその先の快感を求め始めてしまう。

「気持ちいい？　腰が揺れてきてる」

「い、言わないで……」

「リペアを味わいたい」

「ん、ルーク？　え、あ、あんっ」

体がふにゃふにゃになってきたところでルークが私の足を左右に大きく開いた。

そして足の間に入ってしまうと、私は足も閉じれなくなる。

「もっと、感じて。僕の前でたくさん喘《あえ》いで」

「え、やっ、ああっ」

ルークが私の秘所に舌を這わせる。

ジュルジュルと音がして、頭の中がおかしくなってしまいそうだ。

「可愛い、リペア……可愛い」

敏感な粒を吸われ、その指は私の中で暴れ回った。

「ひゃっ、あ、あうっ」

ふうふうと息を吐いて、達するのを我慢する。

頑張っているのにルークはそんな私をあざ笑うかのようにジュッっと強くそこを吸い上げた。

「ダメッ、はううううっ！」

あまりの刺激に達してしまった私は思わず太ももでルークの顔を挟んでしまう。

「ご、ごめんなさい」

余韻でガクガクしている太ももをルークがぺろりと舐めた。

「んんんあーっ」

敏感になっている体は少しの刺激で震えてしまう。

「リペア、入れていい?」

恥ずかしいのにどうしていちいち聞いてくるのだろう。

「うん……ルーク、繋がって」

「可愛い……」

「ふああああっ」

十分に蜜を垂らした秘められた場所にルークの熱い塊が潜り込んでくる。

体を広げられる感覚はいつまで経っても慣れないけれど、その分ルークを受け入れているのだと実感する。

「リペアの中……熱くて、気持ちよくて……」

「言わないでよぅ……」

「動いていい?」

「ううっ……うん」

ぱちゅん、と音と刺激が同時にやってくる。

「ルーク……」

「なに?」

「気持ち……いい?　っつ」

「ずっとこうしていたいくらい……気持ちいいよ」

「ああっ、ふ、深い……」

奥をぐりぐりと押し付けられるように刺激されて、目がチカチカする。

だんだんと腰の動きが速くなると快感が湧き上がってくる。

「ちょっと……、向きを変えてみようか」

「え……？　ちょっ……」

後ろに回ったルークが私の片足を大きく上げて……。

「はあっ……！」

後ろから潜り込んでくる。いつもとは違う角度を擦り上げられて、その感覚に身をゆだねて体を揺らすしかできない。

「締まる……っ、リペアッ、出していい？」

「ハア、ハア……なか……ダメ……」

「どうして……？　僕たちもう結婚してるでしょ？」

「ん、んーっ、それは……」

もしかして、ルークは、時戻り前に結婚を誓ったから、避妊を拒否したの？

「お願い、リペア……」

「……まだ結婚してないっ……」

「もう一度したよ。今回だって結婚はもう決まっていることだから……。いいでしょ？」

強引なルークが少し不思議で後ろを確認した。

いつもとは違った焦るような表情に、彼の気持ちを感じ取れた。

そうか、ルークも不安なんだ。

「家族ができるのはみんなが認めてからがいい……ルークとの赤ちゃんは大事にしたいもの」

そう、告げると中にいたルークがグン、と大きくなった。

「ふあっ、な、なに？　あ、あああっ」

「じゃあ、早く結婚、しよう……。大好き、リペア、大好きだっ」

「ひぃっ、ルー……ルーク……ハアッ、やあぁんっ」

ガツガツと体を揺らされて、体が燃えるように熱い。

「ああっ、イクッ、リペア、イクよっ……」

「ハア、ハアッ……私もっ……ああっ」

ちゅぽん、と勢いよく抜かれて、熱い白濁液が私の体にかけられる。

一応は、私の願いは聞き届けられたようだ。

「どうして結婚式を一年後にしたんだろう……」

悔しそうに言うルークに少し呆れてしまう。

「屋敷の改装や伯爵を継いだこととか、色々とやることが山積みでしょう？　それでも早すぎるって言われているのに……」

「リペアがいないとなにもしたくない」

「困った人だわ」

「仕方ないから子どもはもう少し我慢するよ。その代わり、リペアは僕をうんと甘やかしてね」

「もう弟じゃないでしょ？」

「夫を甘やかしたっていいでしょ。僕だって妻を甘やかしたいもの」

「……それは、そうね」

私の体を清めてから、ルークがその胸に顔をうずめる。

美しくて柔らかいその黒髪を撫でていると、そのうち寝息が聞こえてきた。

——確かに、昔の酷い思い出が吹っ飛んでしまった気がするわ。

あの時殴られたことよりも苦しかったのはルークを守れなかったことだ。

きっとそれは、ルークも同じだったのだろう。ぎゅっと私を抱きこんだルークに応えるようにぴったりとくっついて撫でる手を止めなかった。


「おはよう、リペア。　驚くことにもうお昼なんだ」

「えっ！」

次の朝、寝坊をして目覚めても、誰にも咎められることはない。

そのことに二人で顔を見合わせながら笑った。

私たちは大人になって、そして夫婦になる。

あの幼かった二人は誰かの手に引き離されることはもうないのだ。

「さすがに、寝すぎじゃないかな」

「もうちょっとゴロゴロしようよ」

「ルークってこんなにだらしない人だった？」

「リペアは意地悪だな。僕が今までどんなに頑張ったか知らないの？　さすがに疲れたよ」

「それは……ありがたいって思ってる」

「それだけ？」

「ルークが世界一かっこいいって思ってる」

「かっ……ちょっ……」

真剣な顔で言うとルークの顔が真っ赤になった。

かっこいいなんて言われ慣れているだろうに、変なの。

「それに、頼りにしてて、信頼してる」

「も、いいから、止めて、リペア」

「褒められるのは嫌いだった？」

「そうじゃないけど……照れるよ」

久しぶりに見る可愛い顔に背伸びして頭を撫でる。

するとガバリとルークに抱きしめられた。

「はあ……可愛い。もう、可愛い……ああ、可愛い」

「お腹が空いたでしょ？　とりあえず、部屋に戻ってから朝食……昼食をとりましょ」

「……食べる」

「うん」

「リペアを食べる」

「え、きゃっ」

——その後、流されてルークを受けとめて、もう一度食べたいと言い出したルークをなだめて遅い昼食を取ると、母がテーブルで呆れた顔をしつつ笑っていた。


「旅行はどこに行くことにしたの？」

「決めてないけど、お母様はどうするの？」

「ふふふ。お友達の別荘を借りれることになってね。そこで毎日だらだら過ごすの」

晴れやかな顔の母は今を最高に楽しんでいるように見える。

「ルーク、カジュール商会の方は行かなくていいの？」

「ロマノ国内には優秀な人材がたくさんいるからね。三、四日なら休暇をとっても平気だよ」

「旅行なんて初めてだから、思いつかないわ」

「そう言えば、アリエルさんからお茶会のお誘いがきていたわよ」

「アリエルたちにどこがいいか聞いてみようかな」

「それもいいかもね。彼女たちの情報網は広いから、流行りのリゾート地もおしえてくれるんじゃないかな」

「ルーク、屋敷の改装が終わったら、私もお茶会をして彼女たちを招待してもいいかしら」

「もちろん。君の自由にしていいよ」

「ありがとう」

お友達を自分のお茶会に誘える日がくるとは思わなかったな。

ルークは態度の悪い使用人たちも一掃して新しい使用人を雇った。

今リンドバーグ家は快適な場所へと変わっている最中だ。

終章　自由と幸せと

「そんなに荷物を詰め込んでどうするの？　足りないものは買えばいいんだから」

逃げるために荷物を詰め込んでいた鞄に今度は楽しい旅行のための荷物を詰め込む。

一生懸命用意しているというのに、覗きにきたルークはそれを見て呆れていた。

「私はめいっぱい旅行を楽しむの！　買えばいいって言うけど、必要な時に必要なものが購入できるとは限らないでしょ！」

「そうだけどさ」

「好きにさせてちょうだい……でも、楽しみだわ！　旅行なんて初めて」

「ダイズレイド国には行ったけれどね」

「……そう言われればそうだけど、あれは旅行だったのかな？」

「愛の逃避行は確かに旅行ではないか……でも僕は新婚旅行だと思ってたよ」

「新婚旅行……そ、そう言われればそうかも」

確かに豪華な部屋で、あんなこともこんなこともした……。

薔薇のむせかえるような香りと湯に浮かぶ花びらを思い出すと頬が熱くなる。

「リペア、顔が赤いよ？　熱い夜でも思い出した？」

「バカ……もう。でもダイズレイド国ではヨシアにずいぶんお世話になったのだけどな……きっと私とはもう会うこともないかもしれないのね」

「事業がもう少し落ち着いたらたっぷり休暇を取って、ダイズレイド国にも『旅行』で行こうよ。カジュールの秘書はマクレインで変わらないし、きっとヨシアだって親切なままだよ」

「そうね、今度はお友達になれるかもしれないわ」

私とルークは婚約して、そして屋敷のメインの改装が終わるまでの三日間旅行に行くことになった。

行く先は海の近くのアリエルのおすすめのリゾート地になった。人気の場所でルークのお爺様《じいさま》が別荘を持っていたので、そこにお邪魔させてもらうことになった。

「ルークのお爺様が婚約を許して、その上別荘まで快く貸してくださるとは思わなかったわ」

「今頃になって僕がリンドバーグ家で体罰を受けていたことを知って罪悪感でいっぱいなんだろう。祖父には謝られたよ。それに父から僕を守ってくれたリペアに感謝してた」

「守れてなんてないわ」

「父がイライラしている時は見つからないように隠してくれたし、見つかった時はわざと目立つことをして関心を逸らしてくれていたのを知ってるよ。あの人、機嫌が悪いと当たり散らしてすぐに殴ってきたからね」

「私にできることなんて、たかがしれてるよ。それにアカデミーに入るまでの少しの間だけよ」

「アカデミーに入った頃は寂しかったな。リペアから手紙をもらいたかったけど、サラがいたんじゃしょうがなかったね」

「……実は手紙は書いていたの」

「え？」

「ルークがアカデミーに行ってから数カ月までだけどね。伯爵に読まれて、サラに燃やされていたのよ。それを知ってからは書くのは止めたわ」

「じゃあ、初めての休暇で屋敷に戻ったときに手紙はいらないっていったのは、見張られてるっていう意味だけじゃなくて……」

「ルークの手紙も全部開けられて読まれていたと思う」

「くそっ、成績が落ちたからって屋敷にもどるのを禁止されたのはそのせいか。上位十番は保っていたのにおかしいと思ったんだ」

「もしかして、私に会いたいって書いたの？」

「……それしかないって知ってて聞いてるんだよね。笑わないでよ、リペア」

「そうじゃないのよ、私もルークに会いたいって書いてしまったから」

「リペアも？」

「そうよ」

「うう、父もサラも許せないけど、それより嬉しい気持ちが勝ってしまう」

「ふふふ」

「ちょっとだけ抱きしめさせて」

「荷物を詰めるから、ちょっとだけね。あ、こら」

私をギュッと抱きしめたルークはそのまま一緒にベッドにダイブした。鞄に詰める荷物を分けて置いてるのに！

「いつだって、こうやってリペアが嫌な思いを消してくれるんだ……」

囁いたルークをギュッと抱える。

これからは二人でもっと幸せな記憶だけを増やしていきたい。

「うわ……素敵なところね」

母に見送られて馬車で四時間ほど揺られて着いたのは立派な別荘だった。

予《あらかじ》め用意してくれていたようで、使用人たちが出迎えてくれた。

「ルーク＝リンドバーグ伯爵と婚約者リペア様ですね。お待ちしておりました」

通された部屋からは海が間近に見えて、バルコニーから少し歩くとプライベートビーチがあった。

「この水が全て海水だなんて驚きだわ」

「もう少し暑くなったら泳げるらしいよ。その頃にまたきてもいいね」

「砂浜を歩いてみたいわ」

「そうしよう」

動きやすい服に着替えて夕食までの時間、砂浜をルークと散歩することにする。靴を脱いで素足になると砂の感触がなんともいえない気持ちよさがあった。

「ひゃっ……」

寄せては返す波に足を浸せば、思っていたより水が冷たかった。隣を見上げるとルークも足を入れて楽しんでいた。

「こんなふうに遊ぶのは初めてだね」

「こんなふうにって？」

「きゃっ」

パシャリと波に手をつけたルークが私に水をかける。私も負けじと手で水をすくってルークの顔にかけてあげた。

「わっ」

「ルーク、あっちに魚が泳いでるわ！」

「よし、捕まえよう」

「手で掴むつもりなの？　そんなの無理よ」

ルークが腕まくりをして魚を追いかける。素早い魚が捕まるわけがない。

「僕が追い込んで、リペアがスカートですくったら掴めるんじゃない？」

「バカなことを言わないで！　無理に決まっているでしょう？」

「なにいってるの、ここにはバカなことをしにきたんだよ」

「ちょっと、ルーク！　ダメよ！　私はやらないからね！　だったらほら、屋敷に戻って網を借りましょう。バケツも一緒にね！」

一度屋敷に戻ると、侯爵家の子供たちが使うという網とバケツを貸してもらった。そうして魚を捕まえられるという潮だまりのある場所も教えてもらった。

「ほら、リペア、追い込むからしっかり持って」

「でも、脇から逃げちゃうよ」

「よし、先にこっちに石を並べて逃げ道を塞ごう」

「網を少し砂に潜らせて隠すのはどう？」

二人でヤイヤイ言いながら夢中で魚を捕まえた。虹色の魚が網に入った時は大興奮して二人で飛び跳ねてしまった。

「はあ、楽しいね」

「うん」

砂浜にシートを敷いてルークと手を繋いで寝転んだ。

こんなふうに遊んだのは初めてだ。それから次は砂浜にお城を作って、綺麗な貝殻を集めた。

なにかを取り戻すように二人で遊んで、砂だらけになって屋敷に帰り、砂を落とすためにお風呂に入ってから夕食を食べた。

婚約者ではあるけれど、未婚なのでルークと私の部屋は分かれている。

だからってルークがそれで納得する訳がない。

夜私の部屋を訪れるとわが物顔でベッドにゴロンと寝転んだ。

「私のベッドよ？」

「嫌だったら僕の部屋にくる？」

「……一緒に寝るならどちらも同じじゃない」

「だったら今日はリペアのベッドで、明日は僕のベッドにしよう。さ、寝転ぼうよ、リペア」

腕を広げるルークに呆れながらも、私も側にいたいことには変わりなかった。

コロリとルークの隣に寝転ぶとその腕に頭をのせて天井を眺めた。

今日は楽しかった。

「大人になって真剣にすることじゃないけど、磯《いそ》遊びは楽しかったわ。魚取りも砂浜で遊んだのも。カニを逃したのは惜しかったね」

「……そういえばアカデミーで休暇から戻ると教室で同級生が避暑地で遊んだ話をしていたよ。僕はリペアに会えるだけでよかったから別になんとも思ってなかったけれど、みんなこんなふうに過ごしていたんだね」

「ルークは屋敷と庭園でしか過ごしてないものね。帰ってきても勉強三昧で」

「あの時はアレが普通だと思ってたよ。母さんは伯爵に何度も掛け合ってくれていたけど、父は聞く耳なんて持たなかったからね」

「あら。私は『リペアを連れて行かないなら行かない』って言って伯爵を怒らせたって聞いてたわよ」

「……そんな話はもういいね。童心に返って遊んだから、ここからは大人の時間で」

二人で仰向《あおむ》けに寝転んでいたのにくるりとルークが私に覆いかぶさってくる。迫りくる唇を手で押さえて抵抗する。

「私は遊び疲れたの。今日は子供の心のまま手を繋いで眠るのよ」

「子供だからお休みのキスをして」

「……もう」

シュンとするルークの顔に弱い。手を離すと下りてくる唇を受け止めた。

ちゅっ、ちゅっ……ちゅっ、ちゅう……。

「ん……、んーっ、ちょっと、長い！」

抗議するために口を開けると、待ってましたと言わんばかりに舌を差し入れられる。

そのまま不埒《ふらち》な手は私の胸をゆるゆると掴んでいる。

「ね、リペアお願い」

「ハア、ハア……疲れてるでしょ？」

「一回だけにするから」

「それ、何度も聞いたことがある」

「気のせいだよ。リペアを感じたいんだ。安心させてよ」

「ずるいよ、そんな言い方。あっ、どこ触って……」

ネグリジェのリボンがほどかれて、胸が露出する。

あっと思った時にはもうルークが胸の先端を口に含んでいた。

ルークの舌がクニクニと刺激を与えてくる。

「リペア……我慢できないよ」

「ふ……んんんっ、ダメッ……」

「ほんとにダメ？」

「……い、一回だけよ」

このまま抵抗する方が疲れると悟って体の力を抜いた。

どうせこんなに興奮させられたら眠れない。

承諾すると私からルークが嬉しそうにネグリジェを取り去った。

「大好きだよ、リペア」

ダメだってわかっているのに甘えられるとなんでも許してしまう。

「ずるいんだから」

むくれた私にルークが笑ってキスをした。

「機嫌直して。リペアが協力してくれたら早めに終わるから」

「早めに終わるっていうのも変な気がする」

「じゃあ、時間をかける？」

「それはダメ」

「もう、わがままだな」

「え、私が？」

「ここに触れて、リペアの手で硬くしてよ。そうしたら早く繋がることができるでしょ」

そう言ってルークが私の手を導いた。

「も、もう十分でしょ？」

押し付けられた箇所はもう芯を持っていた。

それでもルークは私に手で包み込むように握らせた。

「上下して、擦って……そう、いいよ」

言われるように手を動かすとルークの顔が上気してくる。

その色気にこちらまでクラクラしてしまう。

「ハア……リペア、気持ちいいよ」

「う、うん……」

「もう少し強く……うん、もう少し」

恐る恐る握っていた手に力を入れるとだんだんと手が濡れてきた。

そういえば前に握った時も手が濡れてきていた。

「手になにか……？」

「気持ちがいいと男も先走り液が出るんだよ」

「先走り液？」

「興奮して出てくるんだ。ハア……リペア、入れてもいい？」

「あっ……」

ルークの手がぬっと伸びてきて確かめられる。

興奮して出る粘液なら、私も出ている。カーッと恥ずかしくて頭に血がのぼる。

「顔見ながらしたい」

恥ずかしくて逸らしていたのに、ルークに視線を合わせられる。

今度はルークの指がクチャクチャと私の出した粘液で濡れる。

「リペアも興奮したんだね」

ギュッと目をつぶって構えていたけど絶対言われると思った！

そのまま足を開いてルークを迎えるとすぐに私たちは繋がった。もう私の体はルーク専用の形になっているに違いない。

「キスして……」

強請《ねだ》るとルークが食らいつくように唇を合せた。

「愛してるよ」

「私も愛してる」

「動いてもいい？」

「うん……あっ……」

ズン、と奥を刺激されて体が跳ねる。

「リペア……ちなみに一回って、僕の射精の回数？」

今度はぐりッと腰を押し付けられた。

「はうっ」

「それともリペアがイク回数？」

「ええええっ⁉　あっ、ちょっ、はあああん」

「ハア……ね、どっち？」

「あうっ、んんっ」

なに、どっちって、なにを聞かれているの？

ズチャズチャと腰を打ち付ける速度に、頭がおかしくなって考えられない。

「リペア？　ねえっ……」

「ハア、ハア……ん、んっ。やあっ、イ、イっちゃう……ルーク、イっちゃ……」

ちゅぽん……。

気持ちよさに体を揺らしていたのに、急にルークが出て行ってしまった。

なに？

「ルーク？」

「どっちか……ハア……答えて、リペア……」

「ふううっ……ハアハア」

喪失感がものすごくて、私の奥がキュウキュウとルークを欲しがった。

ルークと繋がって、ルークと一緒にイキたいと願ってしまう……。

「ルークが出す回数……」

一緒にイきたくてそう言う。これが正解だよね……。

「ハア……ハア……わかった」

するとルークはちゃぷんと私の中に指を沈めた。

チャクチャクと音を立てて、中を掻き出すように擦られて、気持ちいいけれど、それじゃない、それじゃない！

「ルークが欲しいよ、ね……入れて？」

熱を受け入れたくて懇願するとルークがそれに答えた。

「でも、このままだと……ハア、ハア……出しちゃいそうだから」

「出していいから……ルーク……お願い」

すぐにもらえないと思うとますます求めてしまう。

「僕の回数じゃないってこと？」

「う、うん？」

曖昧に答えるとルークが入れていた指が内側をまた擦りだした。

「ハウッ……や、中を擦らないで……ねっ、ああっ」

ぴゅっ……

私がイキそうになるとルークが指を抜いてしまう。

「そ、それ、も、やだぁ……ね、繋がりたい、指じゃイヤ……」

「ハア……ハア……じゃあリペアのイク回数でもないの？　ねえ、どっちなの？」

「そ、そんなの、わかんない……ふあっ、ね、ねえ……」

「じゃあ、なにが一回かなんてわからなくて言っていたんだよね？」

「ううん？」

「リペアの中に入って、中を擦り上げて、回数なんて気にしないで気持ちよくなっていい？」

「え、だ、だって」

「どうしてほしいの？」

「い、入れて欲し……一緒に気持ちよくなりたい」

「僕もそれに賛成」

「はあんっ」

焦らされて、やっとルークが中に戻ってくる。

そして浅いところを突かれて、深いところを責められて、胸を揉みしだかれて、啄《ついば》まれ、もう気持ちいいことしか考えられなくなった。

「リペア、気持ちいい？」

「うんっ、あぁっ、やあぁっ、気持ちいいっ、そこ、あぁっ」

「ここがいい？」

「あああっ」

「きもち、いいね。何回でもイっていいからねっ」

「ひっ……あああっ」

ガツガツと奥を突かれて、体が揺れるたびに気持ちがいい。

「ほら、イって、リペアッ」

「イッ、イクッ……やっ、あああっ」

内ももがガクガクと震えて、体の力が抜ける。こんなに快楽を与えられて、もう、どうなってしまうのかが怖い……。

「ハア、ハア……気持ちよかった？」

「う、うん……ハアッ……ハア」

「じゃあ、僕の番ね」

「ひうっ」

ルークはまだ射精していない。一度抜いたそれがまた肉壁を広げながら入ってくる。

入り口の方からまた刺激されると、まだイったばかりの敏感な体は千切れそうな快感に過剰に反応してしまう。

「こっちから刺激してあげる」

体勢を変えたルークが今度は私の片足を上げて横から突いてくる。

「まっ……やああん、イったばかりでっ……あああっ、くううっ」

絶頂を迎えたばかりで力が入らない。

もう完全にルークのペースで体を受け渡してしまう。

気持ちいい。

気持ちいいいっ。

「ああ、熱くて……リペアの中……最高だ」

「ハア、ハア、ハア……ああっ」

「愛してるよっ」

その言葉を聞くときゅっと中が締まって反応してしまう。

そうしてしまうのを知っているのか、そこからはもう、ルークが止まらない。

「ああっ……」

「ハア……可愛いっ……」

「ル……ルーク、イって……」

「いいの？」

「たくさんしてもいい？」

「や……」

「ハア……も、でも限界……受け止めて、リペアッ」

「はあああっ……」

ズチャ、ズチャと音も激しくなって、ようやくルークが達する。

「くうっ」

色気のある低い唸《うな》り声が聞こえた。

私の中から抜け出た剛直はようやく情欲を吐き出した。

もう、快楽でふにゃふにゃになった私はどこに触れられても敏感になっていた。

ちゅっ……

「ふうんっ……」

軽く耳にキスをされるだけで体を震わす私をルークが嬉しそうに抱き込んでくる。

「ハア……もう、可愛いし、気持ちいいし、幸せだし……止められそうにない」

「へっ……？」

その両手の中にはもう私の胸が納められていて、立ち上がった乳首は指で挟まれていた。

まさか。

今はイったばかりだから……。

「心配しないで、少し休んでからするから」

「ほんと……？」

「うん」

「ふうん……」

そんなこと言っているくせに指できゅっと挟んでくる。

「悩ましい声出したら休めないよ？」

「ルーク……、ダメ……休ませて」

「じゃあ、可愛い声出さないで。またしたくなっちゃうでしょ」

「だ、だって……ルークが……ひぃん」

背中をぺろりと舐められる。声を出さないなんて、無理よ……。

結局、それからもルークは私を翻弄し続けて……。

最後の方はもう、わけがわからなくなって意識を手放した。

「嘘つきっ！」

結局二日目はほとんど部屋の中で過ごして、ルークはご機嫌だった。ご飯は食べられたけど、気がついたらもう夕方だった。

「ちゃんとリペアの承諾はとったでしょ？」

「あ、あんな、あんなのっ」

「仕方ないよ。リペアの中がトロットロで包み込んできて、愛してるっていうと締め付けてくるんだから。もう僕はリペアが与えてくる快楽の虜《とりこ》だよ」

「へ、へんな言い方しないでっ」

「怒らないで、リペア。明日はちゃんと観光して帰ろう」

「アリエルに教えてもらったお店も行きたいの。お母様やみんなにお土産も買いたかったのに」

なんだかんだとエッチになだれ込んで、毎回ルークに好き勝手されている。

気持ち……いいけど、ダメよ！　せっかく旅行にきているのに！

「ほら、今日はもう眠る前に一回しかしないから」

「その言葉にはもう騙されないもの。もう今日はしないで眠るから」

「あんまり我慢させたら、襲っちゃうかもよ？」

「いっぱいしたでしょっ！」

「僕は足りない。今まで我慢してきた分、いっぱいしたい」

「ええ……」

「眠る前に一回だけ」

「焦らすのはなしで……ルークが……ルークが一回出したら終わり」

「ん？　聞こえなかった……なんて？」

「……だから、焦らすのはなし。ルークが一度……その、したら終わり！」

「一度、なにをしたら？　終わりなの？」

「っつ……だから、ルークが一回……」

「僕が一回？」

「し、射精したら、終わりっ」

本当に、なんてことを言わせるのよ！

でもちゃんと言わないと、またいいようにされてしまうのだもの！

黙ってしまったルークに不思議になって、背けた顔をそろそろと戻した。

ルークが真っ赤な顔をして口を手で覆い、こちらを見ていた。

「リペアからそんな言葉を聞くなんて……」

「ルークが言わせているのよ！」

言いたくて言ったのではない！

「勃《た》った……」

「……はあ？」

「もう、ほんと、可愛いんだから、責任とってよね」

「は、はああああ？　なっ、やっ、寝る前って！」

「僕の射精一回分、もう使わせてもらうね」

「えええっ」

そうして、せっかく明日まわる場所を予習したかったのに、ルークにベッドに連れていかれてしまった。

私は浅はかだった。

繋がってしまえばルークがすぐ射精をして終わると簡単に考えていた。

はたしてルークはその約束を守った。

焦らすことなく繋がりながらゆるゆると腰をゆらすと、散々私をイかせた。

そうして懇願しても『まだまだ』と気が狂いそうになるくらいになるまで、たった一回が終わらなかったのだ。

誰があんなに我慢できると思うだろうか……。

結局へとへとになって眠った私はもうルークの口車には乗らないと胸に誓った。


「じゃあね、お魚さん」

一日目に捕まえた虹色の魚をバケツから海に帰して、私とルークはリンドバーグに帰る準備をした。

「三日なんてすぐだったね」

「別荘はいつでも貸してくれるって言ってたから、またこよう」

たくさん買ったお土産や特産品は先に馬車に積んでもらっている。なんだかんだくっついてくるルークをかわしながら用意を済ませて馬車に乗り込んだ。

「楽しかったね」

「うん」

たった三日の旅行だけど、なにか少し取り戻した気分になった。

こうやってルークと色々なことを経験していけたら嬉しいな。

「疲れたでしょう？　寄りかかっていいからね」

ルークが優しくそんなことを言うけれど……。

疲れている原因はあなたですと言いたい。

無言で肩に頭をのせると、ルークが喜んでいるのが分かった。


少し眠ってからおしゃべりしたり、休憩したりして、領地に戻ってきた。

そろそろかと外を覗くとなんだか人が多い気がした。

「ねえ、ルーク、屋敷の様子がおかしくない？」

「……騎士団の馬車がきてる」

「えっ」

待って……まさか⁉

「ルーク、お母様に何かあったんじゃ……」

先ほどまで楽しかった気分が吹っ飛んでしまう。どうしよう……。

「リペア、落ち着いて。まだ母さんに何かあったとは限らない」

「うん……」

ハラハラしながらも私たちの馬車が向かうと、みんな道を開けた。

やっぱり騒ぎがあるのはリンドバーグの屋敷で、門が大きく開いていて、騎士団が訪れているようだった。

正門に着いた馬車から降りると騎士団の一人にルークが声を掛けた。

「なにがあったんですか？」

「あ、ルーク＝リンドバーグ伯爵様ですね。犯人は捕まえましたのでご安心を。リンドバーグ伯爵代理もご無事ですよ。おい、当主が帰ったと誰か伝えに行け」

伯爵代理とは母のことなので無事と聞いてホッとする。

いったい誰が捕まったと言うのだろう、そう思って、騎士団の馬車の向こう側を見ると、髪の毛を振り乱した女が縄で縛られていた。

「……あれは、サラ？」

見覚えのある赤毛の女性だが、以前とは違って派手な化粧をしていた。

「私がリンドバーグ伯爵夫人になるはずだったのよ！」

「黙れ、罪人が！」

「くそっ！　落ちぶれればよかったのに！　みんな不幸になればよかったのに！」

「だから、黙れ！」

キイキイとサラの叫び声が聞こえてきた。

騎士団員に一喝されても黙らないサラは猿轡《さるぐつわ》をされて連れて行かれた。

「私どもの事情聴取は終わっていますので罪人を連れて失礼いたします」

「ありがとうございます」

騎士団の人に母が応接室にいると聞いて急いだ。

私とルークを心配させた母は優雅にソファに座ってお茶を飲んでいた。

見渡すと屋敷の改装工事はほとんど終わっていて、応接室の壁紙も全て綺麗になっていた。

間取りは同じだが、カーテンも家具も総入れ替えされている。

「お母様！」

「あ、ルーク、リペア。おかえりなさい」

「これはいったいなにが起きたのですか？　説明してください」

ルークが尋ねると母はヘラヘラとしゃべりだした。

「逃げ回っていたサラが掴まったのよ。もー、放火犯だもの。怖かったわぁ」

どうやら私たちが旅行で不在の間にサラが屋敷に戻ってきたので騎士団に捕まえてもらったということだった。

「もしかして、サラが改装工事中に戻ってくるのをわかっていて、私たちに旅行したらと提案したのですか？　現当主の僕に黙って？」

ルークに責められて母が苦笑いしていた。

「ルークが屋敷の外に出ているときは私がリンドバーグ伯爵代理だもの。屋敷を守る義務があるわ」

「それで……こんな危険なマネを」

「絶対にサラは戻ってくると思ってたの。あの人、伯爵……あ、違ったわ。元伯爵に隠れてリンドバーグ家の帳簿を改ざんしてお金を横領していてね。証拠を隠滅して火をつけて逃げたんだけど、思っていたより早く見つかってしまったから、隠していたお金を全部持っていけなかったようよ」

「知っていたなら私たちにも相談するべきよ！」

私とルークが叱ると母は子供の様に首をすくめた。

「だって、二人にはのんびり休日を過ごして欲しかったのよ。それに元リンドバーグ伯爵夫人としては浮気相手のサラに制裁しないと気が済まないわ。あの人散々好き勝手やっていたんだから」

母もサラの偉そうな態度には我慢ならないことが多かったのだろう。

とっちめてやりたい気持ちは分かるような気がした。

「……なにより無事でよかったわ」

「ルークが伯爵になって、リンドバーグ家が衰えるどころか、大々的に改装されて屋敷が大きくなると聞いて我慢できなかったようね。忍び込んで、隠していたお金を取った後、火をつけようとしたの」

「また火をつけようとしたの？　なにを考えているのかしら！　最低ね！　逆恨みもいいところだわ」

「ルークの留守の間にくると思っていたから、旅行の日程をあちこちで広めて、騎士団に見張ってもらっていたのよ。だから小火《ぼや》にもならずに消し止められたわ。あまりにも予想通りで驚いちゃったわ。私ってば天才かも」

「はあ、金を奪って火をつけに返ってくるなんて……父の方がよほど大人しい」

「元伯爵はド田舎に連れられて行かれたのですよね？」

「遠い親戚に身を寄せると言うのは建前で、逃亡もできない土地に追いやられたんだから流刑みたいなものだね」

「サラは元伯爵のところへ行くと思ったのに」

「……そこまでの愛情はなかったようだね」

「仮面夫婦だったとしても、夫婦だったから浮気されて同情はしないけれど、お気の毒様とだけ言っておくわ」

元伯爵とサラも私とルークと同じように幼い頃から想い合っていたはずだ。

でも彼らは結婚することはなかったし、寄り添うことも選ばなかった。

私の実父と母は愛し合っていても添い遂げられなかった。

愛し合って結婚して、側にいることは奇跡なのかもしれない。

「さあさあ、旅行の楽しいお話を聞かせてよ」

ニコニコと笑った母がなんだか頼もしく見えた。

こうやって、母は私たちをずっと守ってくれてきたんだと改めて感じた。

人生は思い通りにならないことばかりで。

たとえ時戻りの魔法が使えたとしても、上手くいかない。

それでも、あがいて、ときには誰かに助けてもらい、少しでも進めれば好転することもある。

私には母がいて、ルークがいた。

そして、また母も、ルークもそう思ってくれていただろう。

真新しくなった部屋はもう怒鳴り散らされていた気まずい雰囲気などない。

二人の笑顔を交互に見ながら私はほっこりと胸が温かくなった。


いつか私に子どもができたら、その子が人生の岐路に立つときに魔法のペンダントを譲ろうと思う。

そして、同時に伝えてあげたいことがある。

『人生の岐路に立った時、一度だけその選択をやり直すことができる』

時戻りの魔法はきっかけでしかない。

大切にするものに気づき、自分に向き合うことが、なによりも大切なことであるのだと。

本当の魔法は昨日より素敵な自分になるために、自らかけるものなのだと私は思う。

あとがき

初めましての方も、いつも読んでいただけている方も、この本を手に取っていただけて嬉しいです。ありがたいことにこの物語を作る機会をいただけました。

どこか天然で愛情深いリペアとリペアには甘えた顔を見せるちょっと腹黒ルークのお話はいかがでしたでしょうか。

『時戻り』をテーマに私なりに組み立てたお話ですが、『一度体験したことを失敗しないように頑張る』というのではなく、『人生の分岐点でどちらを選んだら良かったのか』ということに重点を置いて仕上げました。

例えば複数の選択肢があって、こっちを選んだけれど、違う方を選んでいたら……。なんて考えることは誰にでもあるのではないでしょうか。

自分に不満があれば、なおさら違う方を選べばよかったと思ってしまいますよね。

この物語のリペアはどちらの道を選んでも、その道はルークに繋がっています。そういう意味では結果は同じかもしれませんね。

彼女は同じ時間を違う目線で体験することによって、ルークと共に成長します。

自分が大人しく犠牲になっていればルークも母も幸せになれると思っていた彼女が、自分が幸せにならないと母もルークも幸せにならないと悟るのです。

それと、時戻り前の初体験後と時戻り後の、初体験後の比較なんかも、楽しく書かせていただきました（笑）。大胆になるルークを楽しんでもらえたらと思います。

と、まあ、読みどころをアピールしてしまいましたが、私の意図したことが必ずしも受け入れられるとも限りませんし、違う解釈もあっていいと思います。

なにはともあれ読了ハッピーな気分になってもらえますように！

いつも様々な愛情を詰め込んだお話にしたいと日々努力しております。

また他の物語でもお会い出来たら光栄です。

最後に書籍化にあたり、関係者皆様に心より感謝いたします。

さらに素敵なイラストを氷堂れん先生に描いていただけるなんて幸せ者でした。なかなかの艶画も一緒に悶え楽しんでいただけると嬉しいです！　ムフフ……　美しい！

そして、いつも応援していただいてありがとうございます。

読者様、大好きです。

竹輪

ガブリエラブックスをお買い上げいただきありがとうございます。
竹輪先生・氷堂れん先生へのファンレターはこちらへお送りください。

〒110-0016　東京都台東区台東4-27-5（株）メディアソフト
ガブリエラブックス編集部気付　竹輪先生／氷堂れん先生　宛

gabriella books

MGB-079

伯爵家のお荷物令嬢なので身を引いたのに、パーフェクトな義弟の執愛から逃げられません！
時戻りはワンナイト前のはずでした

2023年2月15日　第1刷発行

著　者　竹輪《ちくわ》

装　画　氷堂《ひどう》れん

発行人　日向晶

発　行　株式会社メディアソフト
〒110-0016
東京都台東区台東4-27-5
TEL：03-5688-7559　FAX：03-5688-3512
http://www.media-soft.biz/

発　売　株式会社三交社
〒110-0015
東京都台東区東上野1-7-15
ヒューリック東上野一丁目ビル３階
TEL：03-5826-4424　FAX：03-5826-4425
http://www.sanko-sha.com/

印　刷　中央精版印刷株式会社

フォーマットデザイン　小石川ふに（deconeco）

装　丁　吉野知栄（CoCo. Design）

ISBN 978-4-8155-4305-1